나자

Nadja

NADJA
by André Breton

세계문학전집 185

나자

Nadja

앙드레 브르통

오생근 옮김

민음사

뒤늦게 전하는 말

만약 이 책을 통해서 글을 쓴다는 행위가, 더구나 어떤 종류의 글이든 간에 책을 출판한다는 행위가 이미 허영심에 속하는 것으로 상정된다면, 이렇게 여러 해가 지난 후에, 책이라는 형식 안에서 글을 조금이라도 더 낫게 만들기를 바라는 작가의 자기만족을 어떻게 생각해야 할까! 그런 후속 작업이 좋고 나쁘고를 떠나서 일단 책 속에서는, 감정의 음역을 참조하고 그것에 완전히 의존하여 쓴 글과(물론 이것은 아주 중요한 일인데) 사소한 사건들이 일정한 방식으로 서로 유기적인 관계를 맺도록 하여(당신에게는 르키에의 소사나무 잎[1]들이 그렇듯이!) 가능한 한 객관적인 진술이 되게 만든 글을 구별하는 것이 좋겠다. 감정적인 상태를 표현한 글을 오랜 시간이 지난 후에 수

---

1) 19세기 프랑스 철학자 쥘 르키에(Jules Lequier)는 「소사나무 잎(La Feuille de charmille)」이라는 글에서 어린 시절의 기억을 떠올리며 '자유의지'를 설명했다.

정해 보려고 하다가 그 상태를 현재에 다시 체험할 수 없어서 그러한 시도가 필연적으로 모순과 실패로 끝나 버려도(엄정함에 대한 지칠 줄 모르는 관심 때문에 '오래전에 쓴 시들'을 수정할 수밖에 없었을 때의 발레리의 모습에서 우리는 이런 고충을 충분히 짐작할 수 있는데), 좀 더 적절한 표현을 찾고 자연스러운 흐름을 조금이라도 더 살려 보고 싶다는 생각이 터무니없는 바람은 아닐 것이다.

『나자』를 쓰면서 특히 이런 점에 신경을 쓰게 된 까닭은 이 작품에서 반드시 지켜야 할 두 가지 중요한 '반(反)문학적'인 필요성 때문인데, 「초현실주의 선언」에서 쓸모없다고 공격한 바 있는 모든 묘사를 없애 보려고 많은 사진과 삽화를 집어넣은 것이 하나의 이유이고, 이와 마찬가지로 이야기 서술에서 채택된 어조가 의학적인 관찰, 그중에서도 신경정신의학적으로 관찰하는 어조와 일치하도록 하여 문체에 신경 쓰지 않고 꾸밈을 최소화하여 실험과 조사의 성격이 보여 줄 수 있는 모든 흔적을 그대로 남겨 두려는 것이 또 다른 이유다. 독자는 이야기가 진행되는 흐름 속에서 "포즈를 취하지 않고 자연스럽게 찍은 사진과 같은" 기록을 전혀 바꾸지 않으려고 한 이런 결심이 여기서 나자라는 인물은 물론이고 나 자신과 같은 제삼의 인물에게도 그대로 적용되고 있음을 알게 될 것이다. 이런 글에서 의도적으로 장식의 표현을 배제한 것이 소실점을 일상적인 경계 너머로 멀어지게 함으로써 독자의 새로운 공감을 얻는 데 기여하게 되었으면 좋겠다.

인간의 삶 속에서 주관성과 객관성은 일련의 경쟁 관계에 놓였다가 결국 그 싸움에서 아주 쉽게 곤란한 상태에 빠져 버리는 쪽이 대체로 주관성이다. 서른다섯 살 나이의 끝에서(정말이지 녹슨 나이인데), 오류투성이인 사랑의 편지 속에, '문법이 따로 없는 사랑을 주제로 한 책들' 속에 머물러 있는 것이 주관성의 가장 좋은 면이고, 이것은 변함없이 나에게 가장 중요한 점이라고 하겠지만, 객관성에 대해서 사소한 배려를 해야겠다고 결심한 것이 결국 객관성만을 존중하여 좀 더 정확한 표현에 이르게 되었음을 보여 주고 싶을 뿐이다.

1962년 크리스마스

차례

"나는 누구인가?" 예외적으로 이번에만 격언을 끌어들여 말하자면, 사실상 이런 질문은 모두 왜 내가 어떤 영혼에 '사로잡혀 있는가'를 아는 것으로 귀착되는 문제가 아닐까? '사로잡혀 있다'라는 말은, 어떤 존재들과 나 사이에 내가 생각했던 것보다 더 특이하고 더 필연적이고 더 불안하게 만드는 관계를 맺게 한다는 점에서 나를 혼란스럽게 만든다는 것을 고백해야겠다. 이 말은 단어 자체가 의미하는 것보다 훨씬 더 많은 것을 내포하고 있는데, 내가 살아 있는 동안 유령 같은 역할을 하도록 만들고, 또한 내가 현재의 나로 존재하기 위해서는 과거의 나와는 다른 모습이어야 한다는 사실을 분명히 암시하고 있다. 한정된 관점에서 그 의미를 생각해 보자면, 이 말은 내 존재를 객관적으로 나타내 주는 것들, 어느 정도 확고하게 나를 나타내 주는 것들로 생각되는 내 모습이, 삶의 한계 안에서 전혀 알 수 없는 활동을 하면서 그 진정한 영역을 스쳐 지나가고 있을 뿐이라는 것을 인정하도록 만든다. 관습적으로 제시되는 '유령'에 대해 내가 갖는 표상은, 겉모양 때문이든 시간과 장소의 어떤 우연들에 대한 맹목적인 믿음 때문이든 간에, 내게는 무엇보다도 끝없이 계속될 것 같은 고통이 끝난 이미지와 같다. 내 삶은 이런 종류의 어떤 이미지에 불과한 것일지도 모른다. 또한 분명히 인식해야만 하는 것을 알려고 애쓰거나 망각한 것의 미미한 한 부분이라도 기억해 내려고 노력하는 데 몰두해야 한다고 믿으면서도, 결국 내 삶은 제자리로 돌아올 수밖에 없도록 선고받은 운명인지도 모른다. 나 자신에 대한 이런 견해가 잘못된 것처럼 보인다면 그 이유는 나 자신에게 나의 모습을 미리 상정하기 때문이고, 시간과 타협할 이유가 전혀 없는 내 사유의 완성된 형태를 선행성의 차원에서 자의적으로 설정하기 때문이며, 동시에 도덕적인 기반의 결핍이 있다면, 내 생각으로는 어떤 논의에도 견뎌 낼 수 없을 것 같은 회복하기 어려운 파멸과 고행과 타락에 대한 생각을 연상하기 때문이다. 중요한 것은 내가 이 세상에서 서서히 발견하게 된 개인적인 능력들이, 내게는 주어지지 않은 일반적인 능력을 추구하려는 노력과 전혀 상충하지 않았다는 것이다. 내가 알고 있는 나의 여러 가지 취향, 내가 어떤 대상에 대해서 느끼는 친근성, 내가 빠져 드는 매력, 나에게 발생하는 사건들, 오직 나에게만 발생하는 사건들을 넘어서, 또 내가 실천한 수많은 행동, 나만이 체험하게 된 감정들을 넘어서, 다른 사람들과 비교했을 때 나의 차별성이 무엇이고, 그 원인이 어디에 있는 것인지를 알아내기 위해 나는 부단히 노력하겠다. 내가 이 차별성을 인식하는 정도가 얼마나 분명하냐에 따라서 내가 다른 사람들과 달리 무엇을 하려고 이 세상에 태어났으며 세계의 운명에 대해 나만이 책임질 수 있는 유일한 메시지가 무엇인가의 문제가 밝혀질 수 있지 않을까?

바로 이런 상념에서 출발하여 나는 비평이라는 것이, 사실 가장 소중한 자기의 특권을 포기하더라도, 그러나 결국 깊이 생각해 보면 모든 사고의 메커니즘을 정리하려는 목표보다는 덜 공허한 목표를 세우려는 계획을 갖고, 스스로 가장 금지된 곳이라 여기는 영역 속으로, 또 작품 바깥에서 일상생활의 사소한 사건들의 포로가 되어 있는 작가의 자아가 아주 독특한 방식으로 독자적으로 표현되는 영역 속으로 파고 드는 것은 비록 학술적인 외도를 하더라도 바람직한 일이라고 생각하게 되었다. 이런 일화를 떠올려 보자. 말년의 위고는 쥘리에트 드루에[2]와 함께 똑같은 산책을 수없이 되풀이하면서, 그들이 탄 마차가 크고 작은 두 개의 문으로 출입구가 있는 대저택을 지날 때만 조용한 사색을 중단하고 쥘리에트에게 큰 문을 가리키며 "마차용 문이군요, 부인." 하고 말하면, 쥘리에트가 이를 듣고 작은 문을 가리키며 "보행자용 문이군요, 선생님." 하고 대답했고, 조금 더 가서, 가지가 서로 얽혀 있는 두 그루 나무 앞에 이르러 그가 다시 "필레몬과 바우키스[3]군요."

---

2) 빅토르 위고(Victor Hugo)는 19세기 프랑스 낭만주의를 대표하는 작가이며, 대표작으로는 『레 미제라블(Les Misérables)』과 『파리의 노트르담(Notre Dame de Paris)』이 있다. 아름다운 여배우였던 쥘리에트 드루에(Julliette Drouet)는 시인이자 그의 연인이었다.

3) 필레몬과 바우키스는 그리스 신화에서 가난하고 다정한 노부부인데 인간으로 변장한 초라한 제우스를 극진히 대접한 대가로, 부부가 같은 시간에 죽고 싶다

하고 말하면 이에 대해 줄리에트가 대답하지 않을 것임을 알고 있으면서 그렇게 말했다는 일화, 그리고 우리는 이러한 인상적인 의식이 분명 여러 해 동안 매일 반복되었으리라고 짐작하는데, 그렇다면 위고의 작품에 대해 아무리 훌륭한 연구가 있다 하더라도 그것이 우리에게 위고의 과거와 그의 진정한 모습에 대한 이해와 느낌을 과연 이 일화만큼 생생하게 전해 줄 수 있을까? 그 두 개의 문은 위고의 장점을 비추는 거울과 약점을 비추는 거울과 같은 것인데, 어느 것이 그의 왜소성의 거울이고 어느 것이 그의 위대성의 거울인지는 모르겠다. 그런데 만약 위고가 줄리에트의 말대꾸 속에 담긴 사랑의 표현을 귀엽고 공손한 태도로 받아들이지 않는다면, 그가 아무리 천재라도 우리에게 무슨 의미가 있을까? 아무리 섬세하고 열정적인 위고 해석자라도 최고의 균형 감각이라고 할 만한 이런 생각을 절대로 내가 공감하게끔 설명해 주지는 못할 것이다. 내가 흠모하는 사람들 각각에 대해 그런 식의 가치 없는 자료만 갖고 있다면 과연 얼마나 만족할 수 있을 것인가? 그런 것 없이 감정적인 측면에서 보잘것없고 그 자체로 충분하지도 않은 자료를 갖고서도 나는 훨씬 더 만족할 수도 있을 것이다. 나는 플로베르를 숭배하지는 않지만, 플로베르가 『살랑보』[4]에서 "노란색의 인상을 주는 일"만을 원하고, 『마담 보바리』에서는 "쥐며느리들이 있는 구석진 곳의 곰팡이 색깔을 띤 무언가를 만

는 소원대로 함께 죽어서 서로를 껴안은 형상의 나무 두 그루가 되었다.

4) 『살랑보(*Salammbô*)』(1863)는 프랑스 리얼리즘 작가 귀스타브 플로베르 (Gustave Flaubert)가 쓴 소설로 카르타고에서 있었던 용병의 난을 다룬 작품이다.

드는 일"만을 원했으며, 그 밖의 일에는 별 관심이 없었다는 그 자신의 고백이 사실이라는 것을 누가 내게 확신시켜 준다면, 문학 외적인 이러한 관심들 때문에 결국 나는 그에 대해 호의적인 생각을 갖게 될 것이다. 쿠르베[5] 그림의 장엄한 빛은 내게는 기념탑이 무너져 내린 그때의 방돔 광장의 빛과 같다. 우리 시대에, 키리코[6] 같은 사람이, 가장 미세한 부분들이면서 동시에 아주 불안해 보이는 세부 속으로 파고 들어감으로써, 예전에 자신에게 큰 영향을 끼친 것의 가장 분명한 부분을 기꺼이 드러내 보여 준다면, 그의 작품을 해석하는 데 진전을 이루지 못할 이유가 어디 있겠는가? 그와 상관없이, 아니 그의 뜻에 반하여 내가 손에 넣은 그 당시 그의 화폭들과 육필 노트들에만 의존하여 1917년까지 그의 세계를 재구성하는 일은 불완전할 수밖에 없을 것이다. 이러한 간극을 메우지 못하고, 그런 세계 속에서 기존의 질서와는 상반된 방향으로 사물들 사이에 새로운 척도를 만들어 내는 모든 것을 제대로 이해할 수 없다면 그것은 정말 아쉬운 일이다. 키리코는 사물들의 어떤 배열을 통해 갖게 된 놀라움(무엇보다 큰 놀라움)밖에는 그릴 수 없으며, 그에게 있어서 직관적 인식의 모든 수수께끼는 놀라움이란 단어만으로 요약된다는 것을 인정했다. 물론 그 결과로 생긴 작품이 "그 탄생을 야기했던 것과 긴밀한 관계로 연결되어" 있지만, 그것의 유사 관계는 "두 형제가 닮은 것 같은 모습이거나, 보다 정확히 말해서 특정한 인물의 꿈속 이

---

5) 쿠르베(Gustave Courbet)는 19세기 프랑스 리얼리즘 미술의 선구자다.
6) 19세기 이탈리아 화가 데 키리코(Gioirgio de Chirico)는 '피투라 메타피시카'(형이상학적 회화) 화풍을 창시했던 화가들 중의 하나이다.

미지와 실제의 그 사람이 닮은 것 같은 기이한 방식으로"만 보이는 것이다. "그들은 같은 사람이면서 동시에 같은 사람이 아니다. 그들의 외형적 특징에서는 뚜렷한 차이는 없으면서도 신비스럽게 보이는 변형만이 발견된다." 그의 관점에서 볼 때 명백한 특징을 드러내는 사물들의 이러한 배열 이전에, 사물들 그 자체에 비판적 관심을 집중할 필요가 있고, 아무리 적은 수효라도 왜 그것들이 그런 식으로 배열되었는지 원인을 탐구할 필요가 있을 것이다. 아티초크, 장갑, 쿠키, 또는 실패에 대한 키리코의 가장 주관적인 시각을 설명하지 못한다면, 키리코에 대해서는 아무런 할 말이 없는 것이나 마찬가지다. 이런 문제를 놓고 우리가 그의 협조를 기대할 수 없다니!*

　나의 관점에서, 오직 두 종류의 성향만이 모든 감수성의 형태를 결정하는 것이라면, 정신에 대한 사물들의 특정한 성향의 마주침보다는 특정 사물들에 대한 정신의 성향이 더 중요해 보인다. 내가 위스망스와 만나게 된 것이 바로 그런 식이었는데, 『피항지에서』와 『저 아래로』를 쓴 이 위스망스는, 모든 것 중에서도 굳이 절망에 대한 편향적 시각을 고집하고, 모든 것을 너무나 저속하게 평가하여 유감스럽게도 그를 작품을 통해서밖에는 알 수 없을지라도, 아마 내 친구들 가운데서는 내가 가장 친숙함을 느낄 수 있는 사람일지 모른다. 그러나 그는 또한 우리를 곧바로 침몰시키려고 획책하는 온갖 세력들의 현기증 나는 장치와, 겉보기에는 대단히 약하지만 우리에게 큰 도움이 될 수 있는 너무나 연약한 고리 사이에 있는 이 필연적

---

* 얼마 후에 키리코는, 폭넓게 이러한 욕망에 접근하게 되었다. (cf. *Hebdomeros*, éd. du Carrefour, Paris, 1929.) (1962년 가을, 11월)

이고 중대한 구별을 극한까지 밀고 나가는 일에 있어서 그 누구보다 성공한 사람이 아니었을까? 위스망스는 모든 광경이 자신에게 불러일으킨 이 감동적인 권태로움을 내게 묘사해 주었다. 위스망스 이전에는 그 누구도, 의식적인 가능성들의 황폐한 토양 위에서 무의식적인 것의 이 위대한 깨어남을 목격하게 해 주지 못했고, 적어도 무의식적인 것의 절대적인 숙명과, 거기서 나 자신이 빠져나갈 구멍을 찾는 일의 무용함에 대해, 인간적인 관점에서 나를 설득시키지 못했다. 그는 작품의 결과에 대해서는 신경 쓰지 않고, 자신과 관련된 모든 일에 대해서 그리고 극심한 고통에 빠져 있을 때에도 자신의 고통을 객관적으로 보고 자신의 관심사를 내게 알려 주었고, 너무나 많은 시인들이 그렇듯이 고통을 터무니없이 과장하여 '노래하지' 않고, 그 대신에 누구를 위해서인지는 잘 모르지만, 자신의 존재 및 작가로서의 존재와 관련된 무의식적인 사소한 이유들을 모호한 양상에서 끈기 있게 열거하여 서술해 주었으니 어찌 고마움을 느끼지 않을 수 있겠는가! 또한 우리 스스로 올바르게 자문해 본다면, 그는 우리 안에서 그 비밀을 발견할 수 있을 것처럼 보이는, 다소 새로운 성격의 어떤 우연적인 사물의 배열 앞에서 잠시 우리를 마비시키는 유혹, 외부에서 오는 것으로 보이는 그러한 끊임없는 유혹들에 사로잡히는 사람이기도 하다. 자신과는 아주 다른 인물들을 등장시킨다고 주장하면서 어떤 필연적인 이유가 있는지는 알고 싶지 않지만 그 인물들을 육체적으로건 도덕적으로건 자기 식으로 묘사하는 모든 경험주의적 작가들과 위스망스를 내가 어떻게 다르게 보는지 말해 둘 필요가 있다. 그동안 몇 가지 사례를 통해 피상적으로만 알고 있는 실제의 한 인물을 놓고, 두 명의 인물을 창조해 내거나, 또는 두 인물을 가지고 조금도 망설임 없이 하나의 인물을 만들기도 한다. 그러고서는 수고스럽게도 논쟁까지 벌이는 것이다! 내가 알고 있는 어떤 작가에게 누군가가, 곧 출판될 예정인 그의 작품에 관해, 여주인공이 누구인지 너무 쉽게 알아볼 수 있으니 적어도 그녀의 머리색이라도 바꿀 것을 조언했다는 것이다. 금발인 그녀가 갈색머리 여자의 모습으로 나타나지 않은 것만 해도 다행스러운 일이었을지 모른다. 말하자면 이런 건 유치하고 말고의 문제가 아니라 뻔뻔스러운 문제라고 생각한다. 나는 인물의 실제 이름을 그대로 사용할 것을 주장하며, 열쇠를 찾을 필요 없이 여닫이 문처럼 열고 닫히는 그런 책들에만 관심을 갖기를 고집하고 싶다. 아주 다행스럽게도 소설적인 줄거리 꾸미기로 이루어진 심리 문학의 시대는 끝날 날이 얼마 남지 않았다. 나는 위스망스가 심리 문학에 다시는 회복하지 못할 치명적인 타격을 가했다고 확신한다. 내 입장을 말하자면, 나는 유리로 만든 집에서 계속 살 것이며, 그곳은 언제라도 나를 방문하러 온 사람이면 누구든지 볼 수 있고, 벽과 천장에 매달린 모든 것이 마치 요술처럼 고정되어 있고, 밤이면 유리 침대 위에서 유리 이불을 덮고 잘 수 있고, 나의 존재가 다이아몬드에 새겨진 형태로 늦든 빠르든 내 앞에 나타날 수 있는 곳이다. 물론 자기 작품 뒤로 완전히 사라지는 로트레아몽[7]만큼 나를 매료시키는 사람은 없다. 그의 안면근이 극심하게 '틱, 틱, 틱' 경련하는 버릇이 늘 잊혀지지 않는다. 그러나

---

7) 프랑스 시인 로트레아몽(Lautréamont)의 장편 산문시 「말도로르의 노래(Les Chants de Maldoror)」(1868)는 초현실주의자들의 본보기가 되었다.

나의 관점에서는 그만큼 완전하게 인간적 모습이 사라진 상황 속에서는 무언가 초자연적인 것이 남아 있다. 그렇다고 해서 그런 모습을 요구해 보았자 당연히 쓸데없는 일이 될 것이고, 소망을 밖으로 드러내지 않는 사람들 편에서 보자면 나의 이런 소망은 별로 명예롭지 못할 뿐이라는 확신이 든다.

이제 내가 하려는 이야기와는 먼 지점에서, 내 인생에서 가장 인상 깊었던 에피소드들을, 그것의 유기적인 측면과는 상관없이 내가 이해하는 대로, 즉 가장 중요한 것뿐 아니라 사소한 것에 이르기까지 우연의 흐름에 놓여 있는 범위 내에서, 내가 갖고 있는 상식적인 생각과 어긋나는 삶이 나로 하여금 갑작스러운 연결과, 망연자실하게 만드는 일치의 세계, 그 어떤 정신 상태의 자유로운 비상을 능가하는 반사적 행동과, 피아노처럼 동시에 연주되는 화음의 세계, 아직 다른 빛들만큼 빠르지는 않더라도 보여 주고 볼 수 있게 만드는 그와 같은, 빛의 세계와 같은 금지된 세계 속으로 나를 이끌어 갈 수 있는 그런 범위 내에서 이야기해 볼 생각이다. 이 이야기에서 언급되는 것들은 어쩌면 통제하기 어려운 본질적인 가치를 지닌 사건들로서, 완전히 예상과는 다르면서 거칠게 부수적으로 전개되는 성격과 그런 일들이 불러일으키는 믿기 어려운 관념의 결합으로, 가까운 곳이나 구석진 곳에 있는 거미가 아니라 공중에 떠 있는 거미줄에서 거미집으로, 말하자면 세상에서 가장 빛나고 가장 우아한 사물 쪽으로 당신을 이동시키는 방식으로 엮어질 것이다. 그 사건들은 순수하게 객관적인 사실의 질서에 속하건 아니건 간에, 내가 완전한 고독 속에서 비현실적인 공모의 존재로부터 벗어나게 하고, 배의 키 손잡이 앞에 나 홀로 있다는 생각을 할 때마다 매번 그것이 환상이라고 나를 설득시키는, 정확하게 어떤 신호라고 말할 수는 없지만 매번 신호의 외양을 띠고 나타난다. 대단히 희귀한 물건을 보거나 이런저런 장소에 도착했을 때 무언가 중요하고 본질적인 것을 좌우할 만큼 아주 분명한 감각과 함께 촉발되는, 특별하고, 정의 내릴 수 없는 감정의 동요에서부터, 우리의 이해력을 훨씬 넘어서서 대부분의 경우 우리가 자기 보존 본능이라고 부르는 것에 의지해서 간신히 이성적인 활동으로 되돌아올 수 있게 만드는 상황들이 교차 혹은 연속되면서 우리 자신과의 평화를 완전히 잃어버릴 정도에 이르기까지, 가장 단순한 것으로부터 가장 복잡한 것 사이에 있는 이 사건들의 등급을 매겨 볼 필요가 있을 것이다. 미끄러운 길처럼 이어지는 사건들과 낭떠러지처럼 급격히 연결되는 사건들 사이에 있는 수많은 매개체들의 위치를 작성해 볼 수도 있을 것이다. 이런 사건들에 대해 내가 증언을 해봤자 나는 얼 빠진 증인에 불과할 테지만 이런 사건들로부터 일정한 범위 안에서 출발점을 알아내고 귀착점을 추정하여, 자신 있게 말할 수 있는 다른 사건들까지의 거리는, '자동적인' 텍스트나 문장을 이루는 하나 혹은 모든 주장으로부터 동일한 관찰자의 관점에서 모든 용어가 충분히 성찰되고 검토된 문장이나 텍스트에 의해 만들어지는 하나 혹은 모든 주장까지의 거리와 같을지도 모른다. 증인의 책임은 첫 번째 경우에 있는 것이 아니라, 두 번째 경우에 있는 것처럼 보인다고 말할 수 있다. 그런데 증인은 두 번째 경우에 일어나는 일보다 오히려 첫 번째 경우에 일어나는 일에 훨씬 더 놀라고,

나는 1918년에 내가 살았던, 팡테옹 광장에 있는 그랑좀 호텔을 출발점으로 삼고……

훨씬 더 매혹된다. 증인은 또한 그런 경험을 더욱 자랑스러워하고, 자신을 특이한 존재처럼 생각하고, 더욱 자유로움을 느낀다. 그렇기 때문에 내가 좀 전에 이야기한 바 있는, 말로 표현하기 어려운 부분이 더할 나위 없는 기쁨의 원천이 되는 이런 각별한 느낌이 바로 이런 기분일 것이다.

독자들은 이 분야에서 내가 경험하게 된 일에 대해 전체적인 설명을 해 주리라 기대하지는 말았으면 한다. 여기서 나는, 나만의 어떤 방식과도 일치하지 않으면서도 때때로 나에게 일어난 사건과, 예상하지 못한 경로로 발생하여 내가 특별한 매력을 느끼거나 저항감을 느끼게 되어 그것의 진면목을 알 수 있게 만든 것을 쉽게 떠올려 보는 일에 만족할 것이다. 미리 정해 놓은 순서 없이, 떠오르는 것을 떠오르게 내버려 두는 시간의 우연에 따라 이야기해 보려고 한다.

나는 1918년에 내가 살았던, 팡테옹 광장에 있는 그랑좀 호텔을 출발점으로 삼고, 1927년 8월부터 지금까지 내가 지내고 있는 바렝지빌 쉬르메르[8]에 있는 앙고 저택[9]을 그 다음 단계로 정할 것인데, 앙고 저택에는 가시덤불을 조성하여 집을 가려 놓은 숲 가장자리에 오두막 같은 집이 있어서, 방해받지 않고 싶을 때 편하게 지낼 수 있도록 마련된 공간이자, 또 한편으로는 나 혼자만의 생각에 몰두하면서 수리부엉이 사냥을 할 수 있는 곳이다. (내가 『나자』를 쓰려고 했을 때라고 해서 이런 사

---

8) 프랑스 북부 지역인 셴마리팀의 작은 항구도시.
9) 앙고 저택(Manoir d'Ango)은 프랑스 노르망디의 항구도시 디에프 지방에 16세기 무렵 세워진 집이다.

1927년 8월부터 지금까지 내가 지내고 있는 바렝지빌 쉬르메르에 있는 앙고 저택을……

정이 달라졌겠는가?) 물론 도처에 실수라든가 사소한 누락이 있을 수 있고 게다가 몇 가지 혼동이나 명백한 망각 때문에 내가 이야기하려는 것에, 그러니까 전체적으로는 의심할 수가 없는 이야기에 어두운 그림자를 드리우게 된다고 해도 그것은 별로 중요한 일이 아니다. 결국 나는 우연적인 생각에서 발생한 그런 일들을 사람들이 사회에서 흔히 발생하는 사건들과 같은 비중으로 해석하는 건 부당하다고 생각하며, 또 예를 들어 만약 내가 파리의 모베르 광장에 있는 에티엔 돌레[10] 상이 언제나 나를 매혹시키면서도 동시에 견딜 수 없는 불안감을 불러일으킨다고 말한다 해도, 그것을 가지고 곧바로 나를 정신분석학적으로 완전히 판단할 수 있다는 결론은 내리지 않기를 바라는데, 정신분석학은 내가 인정하는 방법이기도 하지만, 정신분석의 목표는 결국 인간을 그 자신으로부터 멀리 소외시키는 것일 뿐이라고 생각하기 때문이고, 집달리가 보내는 영장과는 다른 종류의 성과를 기대하기 때문이다. 게다가 나는 정신분석이 이런 현상들을 제대로 해결할 수 없다고 확신하는데, 그 이유는 많은 장점에도 불구하고 정신분석이 꿈이라는 문제에만 천착하고 실수한 행동에 대한 설명에서 시작한 것이므로, 단순하게 새로운 행동의 실수를 유발하지 않는 것으로 받아들이는 것은 그 자체로 이미 정신분석학을 지나치게 영광스럽게 만드는 일이기 때문이다. 나는 이제 마침내, 단속적으로 이어진다고 하기는 어렵지만 나 자신에 대한 명상과 꿈들의 주제이자, 나만의 경험이 되는 이야기를 하기에 이르렀다.

---

10) 에티엔 돌레(Etienne Dolet)는 16세기 프랑스 학자이자 번역가인데 'traducteur'(번역가)라는 말을 처음 만든 사람이라고 한다.

파리의 모베르 광장에 있는 에티엔 돌레 상이 언제나 나를 매혹시키면서도……

얼마 후 장 폴랑의 소개로 나는 폴 엘뤼아르와 서신 교환을 하게 되었는데……
(Photo: Man Ray)

르네 모벨 예술학교에서 아폴리네르의 「시간의 색깔」[11]이 초
연되던 날, 내가 막간 휴식 시간에 피카소와 발코니에서 이야
기를 나누고 있을 때 한 젊은이가 내게 다가와 몇 마디 말을
중얼거렸는데, 알고 보니 그가 나를 전쟁 때 죽은 것으로 짐작
했던 자기의 친구로 착각했던 것이다. 물론 우리 이야기는 거
기서 그쳤다. 얼마 후 장 폴랑[12]의 소개로 나는 폴 엘뤼아르[13]
와 서신 교환을 하게 되었는데, 당시 우리는 서로 어떻게 생겼
는지를 전혀 모르는 상태였다. 엘뤼아르가 휴가 중에 나를 만
나러 왔는데, 그는 「시간의 색깔」 공연 때 나를 향해 다가왔던
바로 그 청년이었다.

『자장』[14]의 끝부분에 나오는 '나무숯(BOIS-CHARBONS)'이
라는 단어는, 수포와 함께 산책했던 어느 일요일에, 간판에 그
단어들이 붙어 있는 모든 상점들을 탐사하는 데 내가 특이한
재능을 발휘할 수 있게 해 주었다. 우리가 어떤 길에 들어섰을
때 그러한 상점들이 오른쪽이나 왼쪽의 어느 위치에서 나타날
지 말할 수 있을 것처럼 생각되었다. 그런데 이런 생각은 계속
사실로 확인되었다. 우리는 문제의 단어가 갖고 있는 환각적인

---

11) 기욤 아폴리네르(Guillaume Apollinaire)는 20세기 초 프랑스 시인이며, 시
선집 『미라보 다리』가 있다. 희곡 「시간의 색깔(Couler du Temps)」은 1918년
에 처음 발표되었다.
12) 장 폴랑(Jean Paulhan)은 20세기 프랑스 작가이자 비평가이다.
13) 폴 엘뤼아르(Paul Eluard)는 초현실주의의 대표적 시인이며, 시선집 『이곳
에 살기 위하여』가 있다.
14) 「자장(Champs magnétiques)」(1921)은 브르통이 필리프 수포(Philippe
Soupault)와 함께 쓴 최초의 '자동기술(오토마티슴)' 시이다.

『자장』의 끝부분에 나오는 ʼ나무숯(BOIS-CHARBONS)ʼ이라는 단어는……

이미지에 의해서가 아니라, 입구 양쪽에 작은 더미로 쌓여 있는, 대충 칠해진 절단면이 드러나는 목재 롤러들 중의 어떤 한 개의 이미지와 더 어두운 부분의 단색이 주는 이미지에 이끌려 그 상점 안으로 들어갔다. 집에 돌아와서도 그 이미지는 줄곧 내 머릿속에 남아 있었다. 메디시스 사거리에서 온 회전목마의 모양 역시 내게 그 나무토막과 같은 인상을 환기시켰다. 그리고 내 창문에서 보이는, 내 방에서 두세 층 아래서 등을 보이고 있는 장 자크 루소의 두상 또한 그러했다. 나는 겁에 질려서, 급히 뒤로 물러섰다.

역시 팡테옹 광장의 어느 저녁, 늦은 시간이었다. 누군가 문을 두드렸다. 나이도 어렴풋하고 지금은 얼굴 생김새도 기억나지 않는 한 여자가 들어왔다. 상복을 입고 있었던 것으로 기억한다. 그녀는 《리테라튀르》[15]의 몇 호를 찾고 있었는데, 그것은 다음날 낭트에 있는 누군가가 그녀에게 꼭 가져다 달라고 부탁했다는 것이다. 얼마 지나지 않아 그 방문의 목적은 그녀를 보낸 사람이자 곧 파리에 와서 정착하게 될 사람을 내게 '추천하는' 일이었음이 분명해졌다. (나는 "문학에 투신하려는 사람"이라는 표현을 기억해 두었는데, 그 이후 이 말에 잘 들어맞는 사람을 알게 된 다음부터 나는 이 표현이 아주 특이하고 인상적이라는 생각을 하게 되었다.) 그렇지만 이처럼 지나치게 공상적이리만치 손님을 환대하도록 만들고 내게 조언자의 역할을 부여한 사람은 누구

---

15) 《리테라튀르(Littérature)》는 '문학'이라는 뜻이며, 초현실주의자들의 초기 동인지였다. 발레리가 이런 제명을 제안했다고 한다.

며칠 후, 벵자멩 페레가 그곳에 나타났다.

였을까? 며칠 후, 벵자멩 페레[16]가 그곳에 나타났다.

파리와 더불어 아마도 프랑스의 도시들 중에서 어떤 의미 있는 사건이 내게 일어날 수 있으리라는 인상을 갖게 된 유일한 도시라고 할 수 있는 낭트는, 넘치는 정열로 불타오르는 시선과 마주칠 수 있는 곳이고(나는 작년에 자동차로 낭트를 가로지르다가 아마도 남자와 동행했을 것 같은 노동자로 보이는 한 여자가 눈을 들었을 때, 이런 사실을 다시 한 번 확인했다. 그때 멈추어 섰어야 했는데), 나에게 있어서 삶의 리듬이 다른 곳과 같지 않은 곳이다. 모든 모험을 능가하는 모험 정신이 아직도 몇몇 사람에게 깃들어 있는 도시 낭트는, 여전히 나를 만나러 와 줄 친구들이 있는 곳이다. 낭트는 내가 좋아한 공원, 바로 그 프로세 공원이 있는 도시이다.

지금 나는 우리가 가끔 '수면시대'라고 불렀던 시기의 로베르 데스노스[17]를 떠올리고 있다. 그는 '자면서' 글을 쓰고, 말을 했다. 시엘 카바레[18] 위에 있는 우리 집 아틀리에에서의 저녁나절이었다. 밖에서 누군가 소리쳤다. "우리는 들어간다, 들어간다, '검은 고양이'로!" 그런데 데스노스는 나는 보지 못하는 것, 그가 내게 보여 주려고 해야만 내가 볼 수 있는 것을 계속해서 보고 있다. 그렇기 때문에 데스노스는 종종 살아 있

---

16) 벵자멩 페레(Benjamin Péret)도 초현실주의 운동에 가담한 시인이다.

17) 로베르 데스노스(Robert Desnos)는 프랑스 초현실주의 시인인데, 최면 상태에서 꿈을 이야기하는 특수한 재능이 있었다.

18) '시엘(ciel)'은 '하늘'이라는 뜻이다.

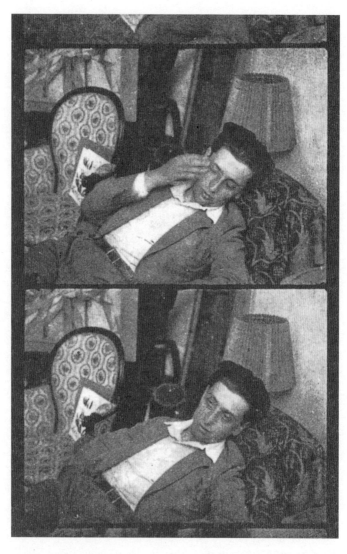

지금 나는 우리가 가끔 '수면시대'라고 불렀던 시기의 로베르 데스노스를……

는 사람 중에서 제일 희귀하고 종잡을 수 없고 늘 예상치 못한 모습을 보이는 사람이자 「유니폼과 제복의 무덤」의 작가, 실제로는 그가 한 번도 본 적이 없는 마르셀 뒤샹이라는 인물의 모습을 가장하여 보여 준다.[19] 몇 가지 수수께끼 같은 「말장난(Rrose Sélavy)」[20]을 통해 뒤샹에게서 가장 모방할 수 없는 것으로 여겨지던 모습이 데스노스에게서는 사실처럼 재현되고 그러면서도 문득 놀라운 형태로 발전되기도 한다. 전혀 망설임 없이 엄청나게 빠른 속도로 아주 놀라운 시적 방정식들을 종이 위에 옮겨 놓는 데스노스의 필치를 보지 못한 사람이거나 나처럼 그 시구들이 아주 오래전부터 준비된 게 아닐까 하고 의심하는 사람은, 아무리 그 시적 기법의 완벽성을 인정하며 놀라울 정도로 경쾌한 날갯짓의 형태를 평가할 수 있다 하더라도, 거기에 담겨 있는 모든 것에 대해서, 그 싯구가 갖는 신탁의 절대적인 가치에 대해서 어떤 인식도 갖기 어렵다. 수없이 많은 우리들의 모임에 참여한 사람들 중 누군가가 이 모임을 정확하게 기록하고 당시 분위기를 있는 그대로 묘사했다면 정말로 가치 있는 작업이 되었을 텐데. 그러나 우리의 모임을 담담하게 기술할 때가 아직은 오지 않았다. 데스노스는 눈을 감은 채, 나중에 누군가에게 혹은 나에게도 참 많은 약속을 했는데, 비록 그가 말한 사람이 누구인지 알아낼 자신이

---

19) 마르셀 뒤샹(Marcel Duchamp)은 기존의 미 의식을 뒤엎은 프랑스의 혁명적 예술가이며, 「유니폼과 제복의 무덤(Cimetière des Uniformes et Livrées)」은 1913년에 발표된 드로잉 작품이다.

20) 'Rrose Sélavy'는 만 레이가 여장을 한 뒤샹을 사진으로 찍은 작품(1921)의 이름이다. 사람 이름처럼 보이지만 소리 내어 읽으면, "에로스, 그것이 인생이다.(Eros, c'est la vie.)"라고 들리는 장난스러운 제목이다.

몇 가지 수수께끼 같은 「말장난(Rrose Sélavy)」을 통해 뒤샹에게서……

없을 만큼 전혀 믿어지지 않는 시간과 장소에서의 약속일지라
도, 나는 한 번도 그와의 약속을 저버릴 생각을 하지 못했다.

　어쨌든 확실한 것은 사람들이 오후 늦게쯤 파리의 '마탱' 인
쇄소와 스트라스부르 대로 사이에 있는 본누벨 대로에서 오가
는 나를 사흘 안에 못 보고 지나친 적은 없었다는 점이다. 사
실 나는 왜 내 발걸음이 그곳으로 향하는지를 모르고, 내가
정해진 목적도 없이, 또 바로 그런 일(?)이 거기서 일어나리라
는 막연한 느낌 외에는 어떤 결정적인 정보도 없이, 무슨 이유
로 거의 매일 그곳에 갔는지도 모르겠다. 나는 이 짧은 여정에
서, 나도 모르는 사이에 내 관심을 끌 대상이 될 수 있을 만한
것을 시간적으로나 공간적으로 전혀 발견하지 못했다. 그렇다.
참으로 아름답고 또 참으로 비실용적인 샌드니 문조차 마찬가
지이다. 내가 그 지역 아주 가까이에서 보았던 어떤 영화의 여
덟 번째이자 마지막 에피소드, 한 중국인 남자가 어떤 방법인
지는 잘 모르겠지만 자기를 여러 명으로 번식시키는 법을 알
아내고는 뉴욕을 그 혼자서, 자기 자신과 똑같은 수백만의 복
제인간들과 함께 몰려 들어가는 장면의 기억도 마찬가지이다.
그 중국인은 안경을 벗고 있었던 윌슨 대통령의 사무실에 들
어갔고, 그 다음으로 또 그가, 또 그가, 또 그가, 또 그가 들어
갔다. 나에게 가장 충격을 주었던 영화보다도 더 충격적이었던
이 영화의 제목은 「문어의 포위」[21]였다.

---

21) 「문어의 포위(L'Etreinte de la Pieuvre)」는 열다섯 편의 에피소드로 이루어졌는
　데, 브르통이 언급하는 에피소드의 제목은 「사탄의 눈(L'Œil de Satan)」이다.

참으로 아름답고 또 참으로 비실용적인 생드니 문조차도……

(Photo: J.-A. Boiffard)

영화관에 들어가기 전에 절대로 팸플릿을 보지 않는 습관을 갖게 된 것은, 프로그램을 참고해 보더라도 어차피 연기자 이름은 대여섯 명밖에 기억하지 못하니까 별로 도움이 되지 않아서였는데, 그러다 보니 아무리 내가 그야말로 아주 형편 없는 프랑스 영화들에 대해 약점이 있다는 것을 여기서 고백해야 함에도 불구하고 내가 누구보다 '재수 없게 될' 위험이 많은 것은 분명하다. 게다가 나는 영화의 흐름을 제대로 이해하지도 못하고 아주 막연하게 그 흐름을 따라갈 뿐이다. 가끔은 이런 일이 불편하게 느껴져서, 내 옆자리 사람들에게 물어보기도 한다. 그래도 10구에 있는 몇몇 영화관들은, 내가 자크 바셰[22]와 함께 '폴리 드라마티크'라는 오래된 극장의 상등 관람석에 앉아서 관객들이 차마 아무 말도 하지 못하고 경악하는 가운데 마치 저녁상을 차리듯이 음식 상자를 열고 빵을 자르고 병마개를 따면서 식탁에서처럼 큰 소리로 이야기하던 때처럼 남을 의식하지 않고 앉아 있기에는 특히 안성맞춤인 장소로 보인다.

　지금은 철거된 오페라 극장 길 안쪽에 자리 잡은 '테아트르 모데른'은, 별로 중요하지 않은 연극만을 공연했는데, 이런 점에서 내가 이상적으로 생각하는 극장에 더할 나위 없이 잘 들어맞는 곳이었다. 이 극장의 배우들의 실력은 자기들 배역만 간신히 소화하는 정도여서, 상대 배우들의 연기에 제대로 신경 쓰지도 못하고, 기껏해야 열댓 명 정도의 관객들을 상대하고 있어서 그들의 보잘것없는 연기는 나에게 그야말로 배경막

---

22) 자크 바셰(Jacques Vaché)는 브르통에게 많은 영향을 준 친구로서 다다이스트처럼 파격적인 행동을 자주 보였는데, 젊은 나이에 자살했다.

Cie Gle FRANÇAISE DE CINÉMATOGRAPHIE

AGENCE GÉNÉRALE
CINÉMATOGRAPHIQUE
·16, Rue Grange-Batelière, PARIS·

L'Étreinte de la Pieuvre

Grand Sérial mystérieux en 15 épisodes.
Interprété par Ben Wilson et Neva Gerber.

Cinquième épisode : L'Œil de Satan

Quelle situation épouvantable que celle de Ruth et de Carter entraînés tous deux dans le wagon détaché du train vers l'abîme! Le pont mobile est ouvert, la voiture qui enferme les deux jeunes gens va se trouver précipitée dans le fleuve. Heureusement, Carter arrive à manœuvrer le frein de la voiture : une fraction de seconde plus tard, et elle plongeait dans les flots.

Mais les Zélateurs de Satan guettaient. Leur ruse infernale ayant échoué, ils se ruent sur Carter : il est jeté dans le fleuve. Quant à Ruth, elle est ligotée, bâillonnée et emmenée en automobile à San Francisco, chez Hop Lee, émissaire du Dr Wang Foo.

Carter est un intrépide nageur. Il arrive à remonter à la surface des eaux, à revenir sur la berge, et la Providence fait que son fidèle lieutenant Sandy Mac Nab, auquel il avait donné l'ordre de le suivre en automobile, apparaît et l'aide à monter dans la voiture. Carter et Sandy filent à toute allure vers San Francisco.

Là, Carter débarque à l'hôtel Wellington où les Zélateurs de Satan ont tôt fait de le dépister. Lui ne songe qu'à retrouver Ruth. Or, dans l'hôtel, il rencontre Jean Al Kasim qui lui donne un renseignement précieux : Mme Zora, la femme qui voulait tuer Ruth, se trouve logée justement dans la chambre voisine de celle de Carter. Peut-être, en surprenant une conversation de cette femme avec ses complices, Carter arrivera-t-il à découvrir la retraite de Ruth. Carter écoute. Il apprend que la jeune fille est cachée dans le quartier chinois. Il surprend le mot de passe des conjurés, qui est : « L'Œil de Satan. » Il s'est procuré un masque noir identique à celui de L'Homme au Masque, et il pourrait, en passant pour ce dernier, sauver la jeune fille, s'il connaissait plus précisément la place où elle est séquestrée.

Mais il faut commencer les recherches. Carter se rend au bureau du chef de la police. La un étrange appel téléphonique lui révèle ce qu'il désirait tant savoir. En effet, Ruth Stanhope, qui est entre les mains de Hop Lee, a usé d'un habile stratagème : sans éveiller l'attention de son gardien, elle a soulevé le récepteur de l'appareil et demandé la communication avec le bureau de la police, et c'est elle-même qui, au téléphone, révèle à

······더 충격적이었던 이 영화의 제목은 「문어의 포위」였다.

지금은 철거된 오페라 극장 길 안쪽에 자리 잡은 '테아트르 모데른'은……

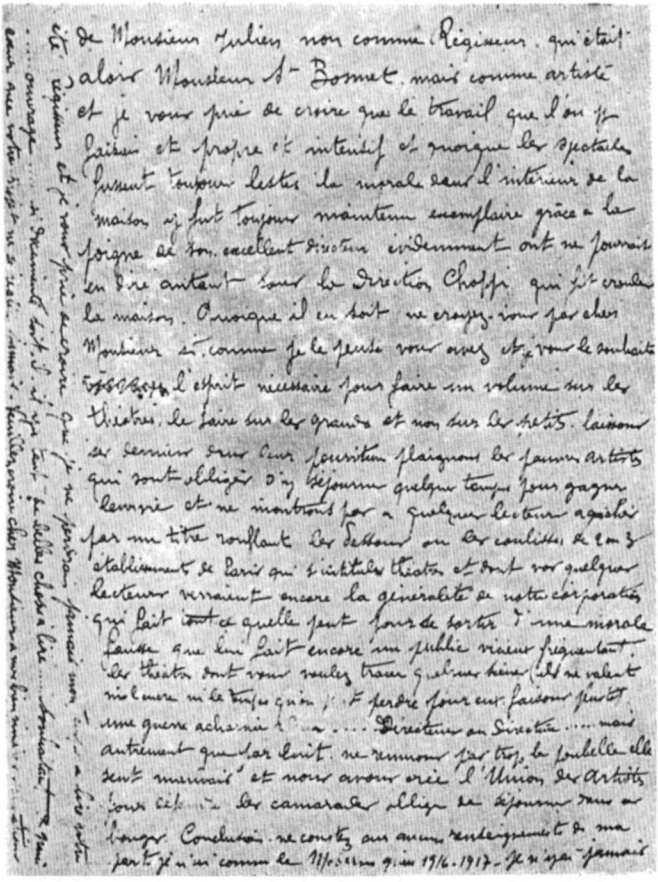

별로 중요하지 않은 연극만을 공연한 곳이고……

의 인상으로밖에는 남아 있지 않았다. 그러나 노란빛의 갈대 밭 속으로 미끄러져 이동하는 회색빛 백조들의 모양이 아래쪽에 장식된 낡고 큰 거울과, 공기가 전혀 통하지 않고 빛도 들어오지 않으며 창살이 쳐진 불안한 칸막이 좌석이 있고, 연극이 진행되는 동안에 쥐들이 발치를 스치면서 여기저기를 뒤지고 다니고, 극장에 도착하면 푹 꺼진 의자나 뒤쪽으로 젖혀지는 의자 중에서 하나를 골라야 하는 그런 관객석의 분위기와 어울리는 모습처럼, 나 자신을 가장 순간적으로 잘 보여 주고, 내가 스스로 간직해 온 이러한 이미지를 통해서 나는 어떤 생각을 해볼 수 있을까? 그리고 3막까지 기다려 본다는 것은 연극을 지나치게 호의적으로 평가하는 일이기에, 대충 1막에서 2막까지 진행되는 동안만 구경하게 되는데, 안이 보이지 않는 반원 아치형의 '호수 속의 살롱'과, 2층에 있는 역시 아주 어두운 '술집'을 그때의 눈으로 과연 언젠가 다시 볼 날이 있을까? 가끔 그곳 생각을 하다 보면 상상해 낼 수 있는 최악의 온갖 혐오스러운 것들의 반대급부로 더할 나위 없이 순수한 시구가 떠오르기도 했다. 이 노래를 부르는 사람은, 보기 드물게 아름다운 여인이었다.

내 마음의 집은 준비되었어도
그 문은 훗날에나 열릴 거예요.
나 지금 아쉬울 게 하나도 없으니
내 멋진 신랑이여, 당신만 들어오세요.[23]

---

23) 마지막 행은 "새로운 내 사랑, 당신은 들어올 수 있어요."라고 번역될 수도 있다.

나는 밤에, 숲 속에서, 벌거벗고 있는 어떤 예쁜 여인을 만났으면 하고 늘 간절히 바랐다. 보다 정확히 말하자면, 이런 소망이란 한 번 표현하게 되면 더 이상 아무 의미도 없게 되므로, 나는 그런 여인을 만나지 못한 것이 몹시 후회스럽다고 말할 수 있다. 요컨대 그런 만남을 생각하는 일이 그렇게 정신 나간 짓은 아니며 얼마든지 가능한 일이라고 할 수 있다. 갑자기 모든 것이 정지된 것같이 생각되는데, 아! 나는 지금 쓰고 싶은 것을 모두 표현하지 못하고 있다. 나는 무엇보다도 임기응변의 재치를 전혀 발휘할 수 없는 이런 상황을 아주 좋아한다. 어쩌면 지금은 어디로도 달아날 수 있는 형편이 아니라는 생각이 든다.(이 마지막 문장에서 웃는 녀석들은 돼지 같은 놈들이다.) 작년에, 오후 늦게 '일렉트릭 팰리스' 별관 복도에서 망토만 걸쳤다가 벗어 버렸을 것 같은 한 여자가 벌거벗은 채 어디론가 움직이고 있었는데, 피부가 굉장히 하얬다. 이 일은 그 정도만으로 이미 충격적인 사건이었다. 유감스러운 것은 그 지역이 재미없는 유흥가여서 일렉트릭 팰리스의 한 모퉁이라는 장소에서 벌어졌다는 이유로 그만큼 특별한 사건이 될 수 없었다는 것이다.

그러나 나에게 해가 지고 해가 뜬다는 것이(그렇다면 낮이 되는 것일까?) 더 이상 문제가 되지 않는 곳이라고 할 수 있는 의식의 제일 밑바닥까지 실제로 내려가 본다는 것은 나중에 선술집으로 바뀐 퐁텐 거리의 '테아트르 데 되 마스크'[24]로 돌아가는 일이다. 예전에 연극에 대한 나의 보잘것없는 취향을 무

---

24) '테아트르 데 되 마스크(Théââtre des Deux Masques)'는 '두 개의 가면 극장'이라는 뜻이다.

시하고 내가 그 극장에 간 이유는, 비록 비평가들이 분노를 터 뜨리며 공연 금지를 주장하기까지 했지만, 그곳에서 상연되던 연극이 그렇게 나쁜 것은 아니라는 믿음이 있었기 때문이다. 이 극장의 모든 레퍼토리를 구성하고 있는 '그랑기뇰'[25] 류의 아주 나쁜 작품들 중에서도, 이 연극은 대단히 엉뚱한 작품으로 보였다. 그렇다고 이 연극이 추천할 만한 것이 못 된다는 말을 하려는 건 아니라는 점을 이해해 주었으면 좋겠다. 오히려 내가 기억하고 싶은 유일한 극작품(다시 말해, 오로지 무대에 올려지기 위해 만들어진 연극)이고, 또 앞으로도 오랫동안 그렇게 생각할 「미친 여자들」[26]에 대해 내가 느낀 한없는 감탄을, 나는 주저하지 않고 여기서 말해 줄 수 있다. 연극이란, 인물의 역할이 제대로 표현되지 못하는 문제를 포함해서, 그 자리에서 보지 않으면 거의 모든 중요한 것들을 놓치게 되는데, 그렇다고 이런 점들이 이 작품에서 쉽게 드러나는 특징은 아니라는 것을 강조하고 싶다.

이야기의 배경은 여학교다. 막이 오르면 여자 교장선생님의 사무실이 등장한다. 금발에 마흔 살 정도의 나이이며, 근엄한 분위기의 여교장은 혼자서 대단히 흥분해 있다. 때는 방학 바로 전날이고, 그녀는 누군가 오기를 초조하게 기다리는 모습이다. "솔랑주가 벌써 와 있어야 하는데……." 그녀는 몹시 들떠

---

25) '그랑기뇰(Grand-Guignol)'은 19세기 말 파리에서 유행한 연극 형태로, 살인, 강간, 자살 등의 끔찍한 내용과 기괴한 인물의 등장이 특징이다.
26) 「미친 여자들(Les Détraquées)」(1921)은 팔라우의 작품으로, 티에리 혹은 올라프라는 의사(가명)가 시나리오를 썼다고 전해진다. 이 작품에 관한 설명은 49쪽 브르통의 각주 참고.

서 가구들과 서류들을 만지작거리면서 방을 가로지르며 걷는다. 그녀는 때때로 쉬는 시간이 막 시작된 정원이 보이는 창가 쪽으로 다가가기도 한다. 종소리가 울리고, 여기저기에서 여자아이들이 기뻐서 떠드는 소리가 들리고, 그 소리들은 금세 먼 곳에서 웅성거리는 소리들에 파묻혀 사라진다. 기숙학교의 정원사는 알아들을 수 없는 말을 중얼거리면서 문 옆에 서 있는데, 그는 이해력이 굉장히 느린 데다가 머리를 절레절레 흔들면서 어눌하게 말하기 때문에 참고 들어 주기가 힘들 지경이다. 그러나 그 자리를 곧 떠날 것 같아 보이지는 않는다. 그는 역에 나가 기차에서 내리는 솔랑주 아가씨를 찾지 못하고 돌아온 것이다. "마-모아젤 소-랑주······." 그는 헌 신발을 질질 끌고 다니듯이 음절을 질질 끌면서 말한다. 사람들은 누구나 짜증스러워한다. 그러는 동안 어떤 노부인이 명함을 내밀고 들어서자 곧 방으로 안내된다. 이 부인은 손녀로부터 무슨 뜻인지 분명하지는 않지만 어쨌든 최대한 빨리 자기를 데리러 오라고 간청하는 편지를 받았다는 것이다. 부인은 곧 안심하고 있는 모습이다. 1년 중 이 시기가 되면 아이들은 언제나 신경이 조금 곤두서 있기 마련이다. 게다가, 손녀를 불러서 어떤 사람에 대해서 혹은 어떤 일에 대해서 불만이 있는지 물어보기만 하면 될 것이다. 아이가 왔다. 소녀는 할머니를 껴안는다. 곧 그 아이의 눈은 자기에게 물어볼 게 있는 사람의 눈을 더 이상 피할 수 없다는 표정이 된다. 소녀는 부정하는 몸짓을 약간 보일 뿐이다. 왜 이 아이는 며칠 후면 있을 졸업식까지 기다리지 못한 것일까? 우리는 그 아이가 감히 하지 못하는 말이 있다는 것을 느끼게 된다. 아이는 그대로 남아 있게 될지도 모른다. 아이는 고분고분하게 물러난다. 아이가 문 쪽으로 간다. 문지방에서, 그녀의 마음속에 큰 갈등이 일기 시작하는 듯 보인다. 아이는 뛰어 나간다. 할머니는 고마워하면서 작별인사를 한다. 다시 여교장 혼자 있게 된다. 어떤 물건을 옮겨야 할지 어떤 동작을 되풀이해야 할지, 기다리는 것을 오게 하려면 무슨 일부터 시작해야 할지 알지 못하는, 부조리하고 견디기 힘든 기다림…… 마침내 자동차 소리…… 교장의 얼굴이 환해지는 것이 보인다. 영원의 세계가 눈앞에 펼쳐진 듯하다. 귀엽게 생긴 여자가 노크하지 않고 들어온다. 바로 그녀다. 그녀는 자신을 끌어안는 교장선생님의 팔을 가볍게 밀어낸다. 갈색 머리인지 밤색 머리인지 잘 모르겠다. 젊다. 우수와 절망과 섬세함과 냉정함을 담고 있는, 눈부시게 아름다운 눈, 날씬한 몸매와 진한 색 원피스에 검정색 비단 스타킹을 한 검소한 차림새이다. 그리고 우리가 아주 좋아하는 약간 '흐트러진' 모습도 보인다. 그녀가 무슨 일로 온 것인지 아무도 물어보지 않는데, 그녀는 제 시간에 오지 못한 것에 대해 사과한다. 뚜렷하게 드러나는 그녀의 아주 냉정한 태도는 그녀를 맞이하는 환대의 분위기와 완전히 대조적이다. 그녀는 꾸민 듯한 담담한 어조로, 작년 이맘때쯤 여기를 다녀간 이후에 겪은 생활의 사소한 일들을 이야기한다. 그녀가 가르치고 있는 학교가 어디인지는 분명하지 않다. 그러나(여기서 대화는 더욱더 극히 사적인 양상을 띠게 된다.) 이제 솔랑주가 다른 학생들보다 훨씬 더 매력적이고 예쁘고 재능이 있는 몇몇 학생들과 좋은 관계를 맺을 수 있었던 것이 문제가 된다. 그녀는 몽상에 빠져 든다. 그녀의 말은 그녀 입술 바로 근처에서만 들린다. 갑자기 그녀가 말을 멈추

조금 전의 그 아이가 말없이 방으로 들어와······
(Photo: Henri Manuel)

고, 어두운 색 스타킹 대님 조금 위쪽, 거기 있는 아름다운 허벅지를 노출시키면서 가방을 막 여는 것이 보인다. …… "그런데, 화내지 말았어야지." …… "아니, 오, 이제 와서 어떻게 하라는 건데." 이 대답은 무척 날카롭고 권태로운 어조로 흘러나온다. 활기를 되찾은 듯이, 자기 차례가 되어 솔랑주는 묻는다. "그런데…… 여기는 어땠어요? 말해 줘요." "여기도 역시 아주 예쁜 신입생들이 있었지. 그중 한 명은 특히. 정말 귀여워." …… "얘야, 이리 와 봐." 두 여자는 창가에서 오랫동안 몸을 굽히고 있다. 침묵. 공 하나가 방으로 떨어진다. 침묵. "바로 저 애야! 금방 올라올 거야." "그래요?" 둘 다 일어선 채로, 벽쪽에 기대고 있다. 솔랑주는 눈을 감고 편안한 자세를 취하고, 한숨을 쉬며 움직이지 않고 있다. 누군가 문을 두드린다. 조금전의 그 아이가 말없이 방으로 들어와, 천천히 공 쪽으로 다가가더니 교장선생님의 눈을 마주 본다. 아이는 까치발로 걷는다. 막이 내린다. 그 다음 막은, 밤 시간의 대기실이다. 몇 시간이 지난 후다. 왕진가방을 든 의사가 등장한다. 한 아이의 실종 사실이 알려진다. 그 아이에게 나쁜 일이 일어나지 않으면 좋으련만! 모든 사람들이 바삐 움직이면서, 건물과 정원을 샅샅이 뒤진다. 교장선생님은 아까보다 침착한 모습이다. "아주 착한 아인데, 조금 우울했던 것 같기는 하지요. 세상에, 그 애 할머니가 몇 시간 전에 여기 있었는데! 그분을 모셔오도록 방금 사람을 보냈어요." 의사는 의심을 품는다. 2년 연속으로, 아이들이 떠나려 할 때 일어난 사건. 작년에는 우물에서 시체가 발견되었다. 올해는……. 홀린 듯이 푸념을 되풀이하는 정원사. 그가 우물 속을 보러 갔었다는 것이다. "이상해. 이상해도 정말 이상하지." 의사가 정원사에게 아무리 물어보아도 소용없었다. "이상한 일이지요." 정원사는 등불을 들고 온 정원을 샅샅이 뒤져 보았다. 소녀가 밖으로 나가는 일은 불가능하다. 문은 꽉 닫혀 있었다. 성벽처럼 높은 담. 그리고 건물 전체에서는 아무것도 발견되지 않았다. 머리가 좀 모자라는 그 사람은 점점 더 이해하기 힘들게 같은 말을 지겹게 되풀이하면서 불쌍하게 변명을 계속했다. 의사는 더 이상 그의 말에 귀를 기울이지 않는 것 같았다. "정말 이상해요. 작년까지만 해도 정말 아무 일도 없었는데. 내일은 초를 갈아 끼워야겠네요. …… 그 아이가 도대체 어디 있을까요? 으사 성생님, 저기, 으사 성생님, 어쨌거나 히안해요. …… 참 소랑주 아가씨가 어제 오후에 도착해 짜나요, 그리고……." "뭐? 솔랑주가 여기에? 확실해?(아! 그렇지만 이 말은 내가 작년과 마찬가지로 예상했던 것 이상이다.) 잠깐만." 기둥 뒤에 숨는 의사. 아직 날은 밝지 않았다. 무대를 가로지르는 솔랑주의 출현. 그녀는 다른 사람들이 혼란에 빠진 것과는 달리, 자동인형처럼 정면을 향해 똑바로 걸어간다. 잠시 후. 모든 수색은 허사로 돌아간다. 다시 여교장의 사무실. 아이의 할머니는 면회실에서 기절해 누워 있다. 급히 그녀를 돌봐 줘야 할 상태이다. 분명히 이 두 여인들은 양심에 거리낄 것이 없는 것 같다. 모두들 의사를 쳐다본다. 경찰. 하인들. 솔랑주. 교장선생님. …… 교장선생님은 강심제를 찾으려고 구급용 찬장으로 다가가 찬장 문을 연다. …… 피가 철철 흐르는 아이의 시체가 거꾸로 나타나 무대 위로 털썩 쓰러진다. 비명, 그 잊을 수 없는 비명. (공연할 때, 아이 역을 연기한 배우가 만 열일곱 살이라는 점을 관객들에게 일러 주는 것이 좋다고 생각했다. 중요한 것은 거기서 그녀가 열한 살 정도로밖에 보이지 않았다는 점이다.) 내가 말하는 이 비명이 정확하게 연극의 끝을 장식하는 것인지는 모르겠지만, 이 연극을 쓴 사람들이(이 연극은 희극 배우 팔라우, 그리고 티에리라는 이름의 외과의사의 합작으로 만들어졌지만, 내 생각에는 어쩌면 어떤 악마 같은 사람도 협력했을 것 같다.) 솔랑주가 더 이상 시련을 겪는 것을, 그리고 믿을 수 없을 정도로 너무나 매혹적인 이 인물이 무엇보다 그녀의 아름다운 모습과는 완전히 상반되는 징벌의 피해를 입는 것을 원하지 않았을 것이라고 생각한다.* 나는 단지 이 시대에 가장 멋지고,

---

* 이 작가들의 분명한 정체는 30년 후에야 밝혀졌다. 1956년에 이르러서야 겨우 《쉬르레알리슴 멤(Le Surréalisme même)》은 이 연극의 기원을 밝히는 P.-L. 팔라우의 후기와 함께 「미친 여자들」의 전문을 실을 수 있게 되었다. "파리 교외에 있는 어린 소녀들의 기숙학교를 배경으로 일어났던 상당히 수상쩍은 사건을 듣고 최초의 아이디어가 떠올랐습니다. 그러나 내가 염두에 둔 그 작품을 상연할 극장(테아트르 데 되 마스크)의 장르가 그랑기뇰과 비슷한 것이었기 때문에, 그 이야기를 절대적인 과학적 진실 속에 담으면서 극적인 면의 밀도를 더 높이다 보니까 내가 다루어야 했던 노골적인 부분도 어쩔 수 없이 들어가야 했습니다. 이 연극에서 문제가 되는 것은 순환적이고 주기적인 정신착란의 경우인데, 이것을 제대로 표현하기 위해서는 전문적인 지식이 필요했습니다. 그래서 제 친구이자 외과의사인 폴 티에리 박사가 신경병리학의 저명한 조제프 바빈스키 박사를 저에게 소개해 주었는데, 이분은 저에게 많은 것을 알려 주셨고, 그 덕에 저는 극에서 과학적이라 말할 수 있는 부분을 실수 없이 다룰 수 있었습니다." 나는 바빈스키 박사가 「미친 여자들」의 창작에 관여했다는 사실을 알고 대단히 놀랐다. 이 유명한 신경과 의사가 피티에 병원에서 근무할 때 나는 '임시 인턴'으로서 상당히 오랫동안 옆에서 보좌했던 중요한 기억을 갖고 있다. 그가 나에게 한결같이 보여 준 호감을 나는 영광으로 생각하며(그의 호감이 참으로 맹목적이었기 때문에 나는 내가 의사로서의 미래가 밝다고 착각했었다.) 내 나름의 방식으로 나는 그에게서 배운 지식을 활용해 왔다고 생각하여, 첫 번째

특별해 보이는 여배우가 이 역할을 했다는 것, 그리고 '테아트르 데 되 마스크'에서 공연된 다른 많은 연극들에서 그녀가 연기하는 것을 보았고, 거기서도 그녀는 이만큼 아름다웠다는 말 정도를 부연하고 싶지만, 블랑슈 데르발[27]이라는 그 배우에 대해 더 이상 소식을 듣지 못한 것은 나로서는 대단히 유감스러운 일이다.*

(어젯밤에 지금까지의 이야기를 마칠 때, 나는 두세 번쯤 되풀이해서 본 이 연극을 머릿속에 떠올릴 때마다 품었던 몇 가지 추측에 다시 빠져 들게 되었다. 공이 떨어진 후에 전개된 사건이나 솔랑주와 그녀의 파트너가 훌륭한 사냥감의 희생물이 될 수 있다는 점과 관련하여 충분한 상황 증거가 없다는 것은 무엇보다 나를 혼란스럽게 만든다. 오늘 아침 잠에서 깨어났을 때 여기에 옮겨 쓸 필요를 느끼지 않을 만큼 혐오스러운 꿈을 꾸는 바람에 눈을 뜨기가 보통 때보다 훨씬 더 힘들었는데, 그 이유는 그 꿈의 주제가 내가 어제 이야기했던 대부분의 내용과 외견상으로 완전히 연결되는 것이었기 때문이다. 나에게 이 꿈은, 우리가 어떤 기억에 조금이라도 맹렬하게 몰두하면 그 기억들이 생각의 흐름에 영향을 끼칠 수 있다는 것을 시사한

「초현실주의 선언」의 끝부분에서 그에게 경의를 표한 것이다. (1962년 가을, 11월)

27) 블랑슈 데르발(Blanche Derval)은 프랑스 영화배우이자 연극배우였다.

* 내가 무엇을 말하려 한 것일까? 나는 그녀에게 다가가서 무슨 수를 써서라도 그녀의 실제 모습을 밝히려고 했어야 했다. 이를 위해 나는 비니와 네르발의 회상 속에서 언급되는 여배우들에 대한 일종의 선입견을 극복했어야 했다. 나는 그때 그 "정열적인 매력"의 대상을 놓쳐 버린 것이 무척 후회된다.

블랑슈 데르발이라는 이름이 더 이상 언급되었다는 소식을 듣지 못한 것이……

(Photo: Henri Manuel)

다는 점에서 흥미로운 것이었다. 먼저, 문제의 그 꿈이 오직 내가 몰입했던 생각 중에서도 특히 고통스럽고 불쾌하고 게다가 끔찍한 면만을 두드러지게 보여 주었고, 오랜 세월이 지나도 향기가 남는 용연향이나 장미꽃 추출물처럼, 그러한 이유들만으로도 나에게는 대단한 가치를 가질 수 있는 모든 요소들이 차곡 차곡 꿈속에 숨어 있음을 깨닫게 된 것은 놀라운 일이다. 다른 한편으로, 내가 잠에서 깨어날 즈음 극히 명료한 의식으로 보게 된 꿈의 마지막 장면을 고백해야겠다. 그것은 어떤 노인을 대신하여 나타난, 이끼 색깔에 길이가 50센티미터 정도 되는 벌레가 일종의 자판기 같은 것을 향해 가는 모습이었다. 그 벌레는 자판기의 틈 속으로 두 개의 동전을 넣지 않고 하나의 동전을 굴려 넣었는데, 나는 그것이 특별히 비난할 만한 행위라고 생각하여 마치 실수로 그런 것처럼 그 벌레를 지팡이로 내리쳤고, 벌레가 내 머리 위로 떨어지는 것을 느꼈다. 나는 내 모자챙에서 벌레의 눈알들이 번쩍이는 것을 알아볼 시간이 있었고, 그런 다음에는 숨이 막힐 정도로 형언할 수 없는 역겨움을 느끼게 되어 목구멍에서 벌레의 커다란 털투성이의 발 두 개를 간신히 꺼내게 되었다. 표면상으로 이 꿈은, 최근에 내가 기거하던 집의 발코니 천장에서 새둥지를 발견했는데, 나에게 약간 겁을 먹은 새가 둥지 주위를 선회하는데 한 바퀴를 돌 때마다 지저귀면서 밭에서 큰 초록색 메뚜기 같은 무언가를 물어 왔던 사실과 특히 관계가 있다는 것이 명백하지만, 무엇보다도 「미친 여자들」의 몇몇 에피소드를 떠올리며 내가 말했던 추측을 상기해 보면, 전이라든가 강한 고착처럼, 이런 종류의 이미지가 객관적인 관찰의 차원에서 명백한 경로를 통해 감정적 차원으로 이동하기까지의 과정을 밝혀 주는 데 기여한다는 사실에는 이론의 여지가 없다. 언제나 적어도 이중의 거울 놀이에 의존하여 꿈의 이미지들이 만들어지는 것을 보면, 프로이트적 의미로 '중층결정'[28]의 가장 높은 심급에서는 아마도 매우 의미심장하고 아주 특별한 역할의 지시가 있을 것으로 보이고, 이것은 꿈속에서, 그리고 나중에 현실이라는 이름으로 매우 간단히 꿈과 대립되는 것 속에서, 진정 '선과 악을 넘어선' 것으로 느낄 수 있는 대단히 강력하고, 도덕률에 전혀 영향을 받지 않는 어떤 반응들의 작용과 밀접한 관련이 있다.)

1915년경 랭보가 내게 행사한 주술적 힘, 그 이후로 「신앙심」과 같은 보기 드문 시들을 통해 극도로 정교하게 작용한 랭보의 주술적 힘* 때문에 그 여자를 만날 수 있게 되었는지도 모른다. 그 당시 어느 날 내가, 세차게 내리는 비를 맞으며 혼자서 걸어 가는데 어떤 젊은 여자가 먼저 내게 말을 건네길래 함께 걸었는데 몇 걸음 안 가서 느닷없이 자기가 가장 좋아하는 시들 가운데 하나인 「골짜기의 잠자는 사람」[29]을 암송해 주었던 것이다. 그것은 정말로 뜻밖이고, 전혀 있을 법하지 않은

---

28) '중층결정'은 프로이트의 인과관계 개념의 하나인데, 프로이트는 한 가지 꿈은 두 가지 이상의 요인이 결합된 산물일 수 있다고 설명했다.

* 주술이라는 단어는 오로지 글자 그대로 해석되어야 한다. 나에게 외부 세계란 매순간, 더욱더 철책이 두꺼워지는 세계와 타협하는 것이었다. 낭트라는 도시의 변두리에서 내가 일상적으로 다니던 길 위에서 도시와의 강렬한 일체감이 그 길과 함께, 다른 곳에서도 만들어지게 되었다. 전원주택들이 있는 길 모퉁이, 주택마다 정원들이 앞 쪽으로 튀어나온 모양, 나는 그것들을 도시의 눈처럼 '알아봤고', 겉보기에 정말 살아 있는 듯한 그 피조물들은 1초라도 빨리 갑자기 도시의 자취 속으로 미끄러져 들어가는 듯했고…… 등등. (1962년 가을, 9월)

29) 「골짜기의 잠자는 사람(Le dormeur du val)」(1870)은 랭보의 초기 작품 중 하나이다.

어느 일요일 같은 날, 내가 친구와 함께 생투엥에 있는 '벼룩시장'에 들렀을 때……

일이었다. 최근에도 역시, 어느 일요일 같은 날, 내가 친구와 함께 생투엥에 있는 '벼룩시장'에 들렀을 때(내가 벼룩시장에 자주 가는 이유는 다른 어떤 곳에서도 찾을 수 없는, 낡고 깨지고 사용할 수 없으며, 뭐가 뭔지 거의 알 수도 없는, 그리고 좋은 의미에서 변태적이기까지 한 그런 물건, 예를 들어 마치 하얗고 울퉁불퉁하고 번들거리는, 내게는 아무 의미 없는 돌출부와 함몰된 부분이 보이며, 가로세로로 초록색과 빨간색 줄이 그어졌고, 이탈리아어로 격언이 쓰여 있는 작은 상자 안에 소중하게 들어 있는 일종의 반원통형으로 된 것인데, 내가 이 상자를 집으로 가져와 자세히 관찰해 본 결과 어느 해부터 이 상자가 만들어진 어느 해까지의 한 도시의 인구 통계를 입체적으로 만든 것과 분명히 일치한다는 것을 알게 되었고, 그래서 더 이상 그 내용을 읽을 가치가 없는 것으로 생각되더라도, 어쨌든 그런 물건들을 찾아보고 싶어서이다.) 우리의 관심은 헌 옷들, 누렇게 바랜 지난 세기의 사진들, 값싼 책들, 철제 숟가락들이 놓여 있는 얇은 선반에 숨어 있는 랭보의 『전집』 최신 판본으로 동시에 집중되었다. 내가 그 책을 대충 훑어보고 싶었던 것은 다행이었다. 그 책에서 중간에 낀 두 장의 종이를 발견할 수 있었기 때문이다. 하나는 자유로운 형식으로 지은 시의 타이핑된 복사본이고, 다른 하나는 니체에 대한 생각을 연필로 적어 놓은 것이었다. 하지만 내 바로 옆에서 멍하니 지켜보고 있던 여자는 내가 그 종이 위에 무엇이 쓰여 있는지에 대해 더 이상 알 틈을 주지 않는다. 그 책은 판매용이 아니고, 책 속에 있는 자료들은 그녀의 것이다. 생글거리며 웃고 있는 그녀는 어린 아가씨다. 그녀는 노동자로 보이는 잘 알고 지내는 듯한 어떤 남자와 생기 발랄하게 이야기를 계속 나누고 있었고, 그 남

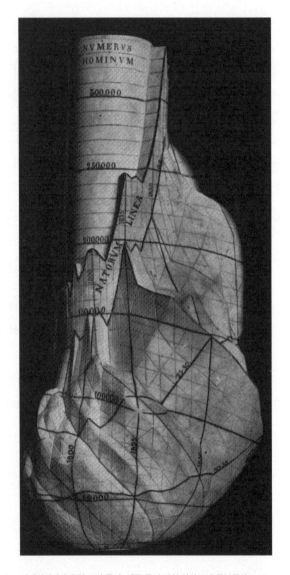

변태적이기까지 한 그런 물건, 예를 들어 마치 하얗고 울퉁불퉁하고……

자는 그녀의 말에 도취되어 계속 듣고만 있는 것처럼 보였다. 우리 차례가 되어, 우리도 그녀와 대화를 나누게 되었다. 대단히 교양 있던 그녀는, 거침없이 셸리, 니체, 그리고 랭보에게로 이끌린 자신의 문학적 취향을 이야기했다. 그녀는 초현실주의자들에 대해서도 이야기했고, 그녀가 끝까지 읽을 수 없었던 루이 아라공의 소설 『파리의 농부』에 대해서, 특히 그녀의 독서를 가로막았던 '비관주의'라는 단어의 의미 변화에 대해서도 이야기했다. 그녀의 모든 이야기에서는 위대한 혁명적인 신념이 드러났다. 그녀는 내가 힐끗 보았던 자신의 시를 아주 흔쾌히 보여 주면서, 그 시만큼 흥미로워 보이는 다른 여러 시들도 함께 건네 주었다. 그녀의 이름은 파니 베즈노[30]였다.[*]

나는 또한 어느 날 내 앞에 있는 한 부인에게 장난으로 '초현실주의 연구소'를 한 번 방문해서 그녀가 끼고 있던 놀라운 하늘빛 파란 장갑 한 짝을 기증하라고 제안했던 것을, 그리고 그 제안에 흔쾌히 동의한 그녀에 대해 내가 느낀 당혹감을, 그래서 다시 그렇게 하지 말라고 그녀에게 간청했던 것을 기억

---

30) 파니 베즈노(Fanny Beznos)는 초현실주의 작가이자 공산주의자였다.

[*] 내 눈 앞에서 그때 일을 이리저리 떠올리다 보면 이렇게 요약한 것들 중에서 어떤 부분은 무엇보다 먼저 실망스럽다. 내가 거기서 정확하게 무엇을 기대할 수 있었던가? 초현실주의는 그 당시 자신의 정체성을 모색하고 있었고, 세계에 대한 견해로서 자기 자신을 명확히 세우는 단계에 이르기에는 아직 멀었다는 것이다. 초현실주의는 자기 앞에 놓인 시간적 여유를 미리 판단할 수 없는 채로 암중모색하며 나아갔고, 아마도 자신의 영향력이 시작되는 것을 지나치게 만족하며 누렸던 것 같다. 그림자의 굴대 없이는, 빛의 굴대도 없는 법. (1962년 가을, 10월)

한다. 그녀의 손에서 영원히 떠난 그 장갑에 대한 생각에 빠져 그 당시 나에게 무섭고도 기이하게 결정적이라고 할 수 있었던 것이 무엇인지 나는 알지 못한다. 그러나 그 청색 장갑, 그녀가 소유하고 있던, 나중에 내가 그녀의 집에서 보았던 청동빛 장갑, 손목 부분이 접혀 있고 손가락 부분은 두껍지 않은 여성용 장갑, 어쩔 수 없이 집어 들어 보면 언제나 그 무게에 놀랄 만큼, 무언가로 받쳐 놓은 것도 아닌데 마치 분명한 어떤 힘이 들어가 있는 것 같아서 그 힘을 측정해 보고 싶었던 그 장갑을, 그녀가 놓아 두지 말았으면 했던 바로 그 자리에 두려고 돌아온 그 순간부터 비로소, 그것의 가장 크고 진정한 중요성, 즉 그것이 갖고 있는 가치를 떠올리게 되었다.

며칠 전에, 루이 아라공은 빨간색 글자로 쓰인 푸르빌 호텔의 간판을 주의 깊게 보라고 내게 말했다. 'MAISON ROUGE'(빨간 집)은 길의 특정한 경사에서 보면 'MAISON'(집)은 안 보이고, 'ROUGE'는 'POLICE'(경찰)로 읽혔다.* 만약 같은 날, 한 시간이나 두 시간 늦게, 우리가 나중에 장갑 낀 여자라고 부르게 될 그 부인이 내가 한 번도 본 적이 없었던 그림, 그녀가 세 들어 사는 집의 가구 안에 있는 그 변화하는 그림 앞으로 나를 인도하지 않았다면, 그러한 착시 현상

---

* "특정한 경사에서 보면." 문제가 된 두 단어의 아주 우연한 접근은 어떤 '소송'의 순간에, 가장 극적인 지점에서, 명확한 공모의 증거를 제시하는 데 몇 년을 기다려야만 하는 것이다. 다음 줄에서 정면으로 드러나게 될 이상한 것은 사실, 공공의 법규가 "피에 굶주린"이라는 말에 부여한 부분이다. 정확히 푸르빌의 간판에 나타난 지표인 것은, 멀리 떨어져서 보면, 아주 난처한 아이러니를 갖기 마련이다. (1962년 가을, 9월)

그녀가 끼고 있던 놀라운 하늘빛 파란 장갑 한 짝을……

이 내게 전혀 중요해 보이지 않았을 것이다. 그 그림은 오래된 판화인데, 정면에서 보면 호랑이가 보이지만, 호랑이 모양을 구성하고 있는 수직적인 작은 띠들이 표면에서 직각으로 교차하고 구획을 지으면서 또 다른 모양을 구성하고 있어서, 우리가 왼쪽으로 몇 발자국 떨어지기만 하면 꽃병이 나타나고, 오른쪽으로 몇 발자국 떨어지기만 하면 다시 천사가 나타났다. 결론적으로 내가 이 두 가지 사실에 주의를 환기시키려는 것은 나에게는 이러한 상황에서 그 사실들을 연결 짓는 일이 불가피했기 때문이고, 또한 그것들이 서로 합리적인 상관관계를 맺을 수 있다는 것은 그야말로 불가능해 보였기 때문이다.

어쨌든, 나는 이런 순서로 진행된 일련의 관찰에 대한 진술과 그 다음에 계속될 일련의 진술로 인해, 최소한 몇 사람만이라도, 적어도 자신에 대한 그들의 소위 엄격히 계산된 생각이 무의미하다고까지는 말할 수 없어도 참으로 불충분하다는 것을, 그리고 집중력이 필요한 계획적인 모든 행동이 부질없다는 것은 깨닫고 난 뒤에 거리로 나갈 수 있기를 바란다. 아무리 사소한 사건이라도 마음속에 전혀 예상하지 못한 일이란 있을 수 없다. 그리고 나는 사람들이 노동에 대해 더 하는 말을 듣는 것보다 노동의 윤리적 가치에 대해 더 말하고 싶다. 나는 노동의 개념을 물질적 필요로서 받아들일 수밖에 없고, 그 점에서 노동은 좀 더 공평하게 분배되어야 한다고 생각한다. 삶의 끔찍한 의무들은 나에게 노동을 강요하고, 다른 사람들은 내게 그것을 믿도록 하여 나의 노동이나 다른 사람의 노동을 존중하라고 요구하지만, 나는 결코 동의하지 않을 것이다. 나는, 다시 한번 강조하는데, 낮에 걸어 다니는 사람보다는 밤에 걸어 다니는 사람이 되고 싶다. 우리가 일하는 시간은, 삶의 충만함을 갖는 데 아무런 도움이 되지 않는다. 각자가 그 자리에서 자신만이 가지는 삶의 의미를 발견하기를 기대할 권리가 있는 사건, 아마도 나는 아직 발견하지 못했지만, 내가 나 자신을 찾아가는 여정에서 맞닥뜨릴지 모르는 이 사건은, 꼭 노동의 대가로 얻어지는 것은 아니다. 그러나 나는 다른 어떤 것보다도, 그 시간에 나자의 등장을 이해할 수 있게 해 주는 것, 그리고 여기서 더 이상 지체하지 않고, 나자의 등장을 정당화할 수 있는 것을 예상하게 되는데, 왜냐하면 그 사건은 아마도 특히 그 자리에서만 발생할 수 있는 것일지도 모르기 때문이다.

마침내 앙고 저택의 탑이 파열되고, 비둘기 깃털에서 떨어지는 눈이 넓은 마당의 흙에 닿으면서 녹아 버리고, 조금 전까지 부서진 기와 조각이 자갈처럼 깔려 있던 이 마당은 지금은 진짜 피로 뒤덮여 있게 된 것이다!

지난 10월 4일,* 그야말로 할 일이 없고 매우 침울한 오후가
계속되던 날들 가운데 어느 저녁 시간에, 나는 마치 그런 시간
을 보낼 수 있는 나만의 비결이라도 있는 것처럼 라파예트 가
를 서성대고 있었다. '위마니테' 서점의 진열장 앞에서 몇 분간
멈춰 서 있다가 트로츠키[31]의 최근 저서를 사고 난 후, 목적지
도 없이 오페라 극장 방향으로 가는 길을 따라 걸었다. 그 시
간은 사람들이 사무실이나 작업실에서 퇴근하기 시작하고, 건
물들의 문은 위에서부터 아래까지 완전히 닫혀 있으며, 보도
위에서 마주친 사람들이 서로 악수를 나누는 시간, 어쨌든 거
리에 사람들이 더 많아지기 시작하는 때였다. 나는 별 생각 없
이, 사람들의 얼굴과 옷차림, 태도를 관찰하게 되었다. 정말이

＊ 이 글을 쓸 때는 1926년이다. (1962년 가을, 9월)
31) 레온 트로츠키(Leon Trotsky)는 볼셰비키 혁명가이자 마르크스주의 이론
　　가이다.

'위마니테' 서점의 진열장 앞에서 몇 분간 멈춰 서 있다가……

(Photo: J.-A. Boiffard)

지, 저 사람들은 아직 혁명을 할 준비가 되어 있는 사람들이 아니야. 나는 그 이름을 몰랐거나 잊어버린 교차로를 막 건너갔는데, 그곳은 바로 성당 앞이었다. 그때 나는 옷차림이 매우 초라한 한 젊은 여자가 내 쪽으로 한 열 걸음쯤 떨어진 지점에서 오고 있는 것을 보았고, 그녀 또한 나를 보고 있거나 이미 본 듯했다. 그녀는 지나가는 다른 모든 사람들과는 달리 머리를 높이 쳐들고 걷는 모습이었다. 너무나 가냘픈 몸매라서 마치 휘청거리며 걷는 듯했다. 얼굴에는 알아차릴 수 없는 미소가 맴돌고 있었던 것 같다. 눈 화장부터 시작은 했지만 화장을 끝마칠 시간이 없었던 사람처럼, 금발머리에는 어울리지 않게 특이하게도 눈가를 아주 검게 칠한 화장을 하고 있었다. 눈가에 눈꺼풀은 조금도 보이지 않았다. (그런 강렬한 인상은 의도적으로 연출했을 테고, 아이브로펜슬로 눈꺼풀만 정성 들여 칠해야만 만들어지는 모양이었다. 화장 얘기가 나와서 하는 말인데, 블랑슈 데르발이 솔랑주 역을 연기할 때 바로 앞에서 보았는데도 전혀 화장하지 않은 얼굴이었다는 점을 언급해 두는 것도 흥미로울 것이다. 나의 견해로는, 평소 길에서 아주 약하게 하는 화장을 연극에서 오히려 (강하게 하기를) 권장한다는 것은, 어떤 경우엔 금지되고 또 어떤 경우엔 지침이 되는 것을 모두 무시해 버리는 일이 되는데, 과연 그걸 두고 규범을 어겼다고 말할 수 있을까? 아마 그렇게 말할 수도 있겠지.) 나는 한 번도 그런 눈을 본 적이 없었다. 나는 주저하지 않고 모르는 여자에게 말을 걸었다. 물론 진짜 행동에 옮길 때는 최악의 상황을 각오했다는 걸 부인하지는 않겠다. 다행히 그녀는 미소를 지었는데, 그것은 너무나 신비스럽고, 이렇게 말하면 나 자신도 믿을 수 없겠지만, 마치 자초지종을 다 알고 있다는 듯한 미소였다. 그녀는 마장타가에 있는 미용실에 가려는 길이라고 둘러대며 말했다. (내가 둘러댔다고 말하는 이유는, 순간적으로 그 사실에 대해 의심을 품자 그녀는 약간 당황하여 곧바로 아무 목적지도 없이 가는 길이라고 털어놓았기 때문이다.) 그녀는 자신이 일종의 금전적인 곤란을 겪고 있다고 이야기했는데, 하지만 이 말은 오히려 변명하는 투였고, 자기 옷차림이 그렇게 몹시 초라한 것을 설명하려는 것 같았다. 우리는 노르 역 가까이에 있는 어떤 카페의 테라스 앞에 멈춰 섰다. 나는 그녀를 더 자세히 바라보았다. 저 눈 속에 스쳐 가는 범상치 않은 빛은 무엇일까? 어떻게 저 눈 속에는 어두운 고통의 빛과 밝은 자부심의 빛이 동시에 비칠 수 있을까? 그녀는 부적절할지도 모르는(아니, 적절할지도 모르는) 어떤 신뢰감을 담아 내게 더 이상 물어보지도 않고 고백하듯이 말했는데, 고백의 첫 부분은 수수께끼 같은 느낌을 주는 말이었다. 그녀의 고향이자 떠나온 지 이삼 년밖에 되지 않은 릴에서 그녀는, 아마도 자기가 사랑했을지도 모르는, 그리고 자기를 사랑했던 한 학생이 있었다는 것이다. 어느 날 그녀는 그와 헤어지기로 결심했는데, 이별이란 그가 거의 예상할 수 없는 일이었고, 또 그녀로서는 '그를 힘들게 할까 겁나는' 일이기도 했다. 그래서 그녀는 그냥 파리로 왔고, 파리에서는 자기 주소를 일러 주지 않은 채 그에게 점점 더 긴 간격을 두고 편지를 쓰게 되었다는 것이다. 그러나 그로부터 1년 가까이 지나, 그녀는 우연히 그와 마주쳤고, 두 사람 모두 깜짝 놀랐다. 그는 그녀의 손을 잡으면서, 그녀가 얼마나 달라져 보이는지 말하지 않을 수 없었는데 특히 그녀의 손을 쳐다보고는 그 손이 매우 잘 손질된 것에 놀랐다. (지

금 그 손은 더 이상 매끄럽게 정돈되어 있지 않다.) 그런데 이번에
는 그녀가, 무의식적으로 자기 손을 잡고 있는 그의 한쪽 손을
보고는, 끝의 두 손가락이 떨어지지 않고 붙어 있는 것을 알아
차리고 비명을 지르고 말았다. "너 다쳤구나!" 그 청년은 그녀
에게 다른 쪽 손도 보여 주어야만 했는데, 그 손 역시 같은 선
천성 기형의 모양이었다. 이런 이야기를 할 때 그녀는 아주 흥
분한 기색으로 오랫동안 내게 질문의 말을 이어 갔다. "이런 일
이 가능한가요? 그렇게 오랫동안 한 사람과 같이 지내고, 그
사람을 관찰할 수 있는 많은 기회들이 있었고, 신체뿐 아니라
다른 부분의 가장 사소한 특징들까지도 발견할 수 있을 만큼
늘 서로 붙어 있었는데도, 결국 그 사람을 제대로 알지 못하고
있었고, 심지어 그렇게 눈에 띄는 특징조차 알아차리지 못하
고 있었다니! 당신은…… 당신은 내가 사랑에 눈이 멀어서 그
런 걸 못 알아볼 수 있었으리라고 생각하세요? 어쨌든 그 친
구는 몹시 화를 냈는데, 어쩔 수 없잖아요, 나는 계속 잠자코
있을 수밖에 없었죠, 그 손……. 그리고 그는 알아들을 수 없
는 무슨 말을 했는데, 내가 이해할 수 없는 말이었어요. 그는
이렇게 말했어요. '바보 같으니! 나는 알자스로렌으로 돌아갈
거야. 사랑할 줄 아는 여자들은 거기밖에 없어.' 왜 바보라는
거죠? 당신은 아시겠어요?" 당연히 나는 아주 격한 어조의 반
응을 보이며 말했다. "상관없어요. 하지만 알자스로렌에 대해
그런 식으로 일반화하는 말에 대해서는 기분이 나쁘네요. 그
사람은 틀림없이 아주 멍청하거나 뭐 그런 사람일 거예요. 그
래서 그는 떠났고, 당신은 그 이후에 그를 다시 보지 못한 거
죠? 잘되었군요." 그녀는 나에게 자기 이름을 말하고, 그 이름

을 자기가 직접 고른 것이라고 했다. "나자예요, 왜냐하면 나
자는 러시아어로 '희망'이라는 말의 어원이기 때문이고, 또 단
지 어원일 뿐이기 때문이죠." 그녀는 좀 전에 내가 누구인지
를(매우 협소한 의미로) 물어볼 생각이었다고 했다. 나는 그녀에
게 내 이름을 말했다. 그러자 그녀는 다시 자신의 과거로 돌아
가서, 나에게 자기 아버지와 어머니에 대해 이야기해 줬다. 그
녀는 특히 아버지에 대한 추억을 떠올리며 감상에 젖었다. "너
무 약한 남자였어요! 아버지가 늘 얼마나 약한 사람이었는지
당신은 상상도 못할 거예요. 아버지가 어렸을 때, 부모님이 말
하자면, 자기가 원하는 것은 무엇이든지 들어주었대요. 할아버
지와 할머니는 대단히 좋은 분들이었고요. 아직 자동차가 없
을 때였지만, 어쨌든 멋진 마차와 마부가 있었대요. …… 예를
들자면, 아버지와 함께 있으면 모든 것이 금세 녹아서 사라지
는 것 같았어요. 나는 아버지를 아주 사랑해요. 매번 아버지
를 떠올릴 때마다, 얼마나 그가 약한 사람이었는지를 생각하
지요. …… 아, 엄마는, 달라요. 착한 여자였고, 그러니까, 우리
가 일반적으로 말하는 선량한 분이었어요. 아버지가 원하는
스타일의 아내는 전혀 아니었지만. 우리 집에서, 물론 모든 게
아주 깨끗했지만, 아버지는 집에 돌아왔을 때, 앞치마를 두른
아내를 보고 싶어 하는 그런 사람이 아니었어요. 이해하시겠어
요? 사실 식탁이 잘 차려져 있는 걸 보거나 알맞은 시간에 식
탁을 차렸다고 생각해도, 아버지는 잘 차려진 식탁(우스운 동
작과 반어적인 욕망의 느낌을 표현하면서)이라고 말할 만한 것을
알아볼 수 있는 사람이 아니었어요. 엄마를, 나는 많이 좋아하
고, 무슨 일이 있어도 엄마를 힘들게 하고 싶지 않았어요. 어

쨌든, 내가 파리로 왔을 때, 엄마는 내가 보지라르 수녀회로 들고 갈 추천서를 갖고 있는 걸 알았어요. 물론 내가 그 추천 서를 절대 이용하지는 않았지요. 그렇지만 엄마에게 편지를 쓸 때면, 나는 편지에서 '엄마를 곧 만나길 바라요.' 하고 끝맺고, 수녀님들이 말하듯이 '하느님의 뜻대로 이루어지겠지요.' 하고 덧붙였죠. …… 그러면 엄마는 분명히 만족했을 거예요! 내가 엄마한테서 받는 편지 속에서 가장 감동적인 것은, 이 부분을 위해 나머지 전부를 버려도 좋다고 생각하는 부분인데, 바로 추신이에요. 사실 엄마는 항상 이렇게 덧붙일 필요를 느꼈겠 죠. '나는 네가 파리에서 무슨 일을 하고 지내는지 생각해 본 단다.'라고요. 불쌍한 엄마, 만약 엄마가 아신다면!" 나자가 파 리에서 하는 일이 무엇일까, 그러나 그녀 자신도 그것을 자문 해 본다. 그렇지, 저녁 7시가 가까워 올 때, 그녀는 지하철의 2 등칸에 있는 것을 좋아한다. 승객들 대부분은 하루 일을 끝마 친 사람들이다. 그녀는 그들 사이에 앉아서, 그들의 얼굴에서 그들을 사로잡고 있는 걱정거리를 읽어 내려고 노력한다. 그들 은 이제 막 내일의 일로, 단지 내일까지만 미뤄 두고 온 일을, 또 그날 저녁 그들을 기다리고 있는 일을, 그 일 때문에 주름 살이 펴지든 근심이 더 몰려오든 간에, 어쩔 수 없이 생각하게 된다. 나자는 허공에 있는 무엇인가를 응시한다. 모두 "선량한 사람들이겠지요." 나는 겉으로 나타내고 싶은 것 이상의 감동 을 느꼈지만 이번에는 화를 냈다. "전혀 그렇지 않아요. 게다 가 문제는 그런 데 있는 게 아니죠. 그 사람들이 다른 어떤 불 행한 일들을 겪고 있든 아니든 간에, 노동을 감수하고 있는 한 그들은 관심의 대상이 될 수 없어요. 만약 그들에게 남아 있는 반항심이 최대한 강력하게 표출되지 못한다면, 이런 상태에서 어떻게 그들이 일어설 수 있을까요? 게다가 그 순간에 당신은 그들을 보고 있는데, 그 사람들은 당신을 보지 않아요. 나는 모든 힘을 다해서, 많은 사람들이 나에게 가치 있는 것으로 믿으라고 강요하는 그 노예화를 증오하겠어요. 나는 이런 노예화의 형벌을 받고서도 대부분 거기서 벗어나지 못하는 사람들을 불쌍하게 여기지만, 그런 사람에게도 호의를 품을 수 있는 것은 그들이 극심한 고통을 겪고 있기 때문이 아니라 오직 그들도 강렬한 저항을 할 수 있기 때문이에요. 공장의 가마에서, 아니면 하루 종일 육신을 짓누르는 냉혹한 기계들 앞에서, 몇 초간의 간격을 두고 똑같은 행동을 반복하면서, 어디서나 가장 받아들이기 힘든 명령들을 따라야 하는 모든 곳, 감옥의 독방이나 사형 집행자 앞에서도, 인간은 여전히 자유롭다고 느낄 수는 있겠지만, 그것을 감내하는 순교자는 자유를 창조할 수 없어요. 자유란, 끊임없이 사슬로부터 해방되려는 열망이고, 그것이 내가 정말 원하는 것이지요. 사슬로부터의 해방이 가능하려면, 지속적으로 가능하려면, 당신이 말한 선량한 사람들 중 대다수가 그렇듯이 우리 자신이 사슬에 짓눌려 있어서는 안 되지요. 그러나 또한 자유는, 아마 좀 더 인간적으로, 길든 짧든 인간이 사슬에서 해방되도록 해 주는 장엄한 행보의 연속이지요. 그들의 발걸음으로, 걸어갈 수 있다고 생각하나요? 그들이 그럴 시간이라도 있을까요? 그럴 수 있는 용기가 있나요? 선량한 사람들이라고 했죠, 그래요, 전쟁에서 서로를 죽게 만드는 사람들처럼 선량하죠, 안 그런가요? 딱 잘라 말해서, 그들을 영웅이라고 한다면, 영웅은 대부분의 불행한 사람들과 몇몇 불쌍한 바보들이에요. 나로서는 이 발걸음이 전부라는 것을 고백하고 싶어요. 그들이 어디로 가는가, 이 것이야말로 진정한 질문이에요. 그들은 결국 어떤 길을 그려서 보여 줄 것이고, 그 길 위에서, 사슬에서 해방되거나 아니면 뒤따라가지 못하는 사람들이 해방되도록 도울 방법이 나타나지 않을지 누가 알겠어요? 그렇다면 단지 약간 지체될 뿐이지, 뒤로 물러서는 건 아니니까, 그게 좋겠지요." (내가 이 주제를 조금이라도 구체적인 방식으로 다룰 생각을 갖고 말한다면 사람들이 내가 말하고자 하는 바를 좀 더 잘 이해할 수 있을 터인데.) 나자는 내 말을 듣고 반박하려 들지 않는다. 아마 그녀는 노동에 대한 변명을 하려고 한 것뿐이었을지도 모른다. 그녀는 우연히 내게 자신의 건강이 매우 나쁘다는 이야기를 하기에 이르렀다. 그녀가 남아 있는 모든 돈을 지불하면서까지 진찰을 받기 위해 신뢰할 수 있는 사람으로 고른 의사는, 그녀에게 즉시 몽도르[32]로 떠나라고 권했다. 몽도르로 요양 간다는 아이디어가 그녀에게 매력적인 이유는, 현실적으로 그 여행이 그녀로서는 실현할 수 없는 것이기 때문이다. 그러나 그녀는 꾸준히 육체 노동을 계속하면 자기가 받을 수 없는 치료를 어떤 의미에서 대신하는 효과가 있으리라 확신하게 되었다. 이런 생각으로 그녀는 빵집에서, 그 다음에는 정육점에서 일자리를 찾았는데, 그녀가 순전히 시적인 방식으로 판단해 보니까 그런 곳이, 다른 어느 곳보다 더 분명하게 건강의 회복을 보장해 줄 수 있는 것처럼 보였다는 것이다. 어디서나 그녀는 극히 적은 봉급을 받았다.

---

32) 몽도르는 프랑스 중부 산악 지대에 있는 온천과 요양으로 유명한 도시이다.

어떤 곳에서는 그녀에게 대답을 해 주기 전에 그녀를 두 번씩 쳐다보기도 했다. 어떤 빵집 주인은 하루에 17프랑 주겠다고 말했다가, 눈을 들어 그녀를 한 번 더 쳐다보고는, 17프랑이나 18프랑 주겠다고 고쳐 말했다. 이 대목에서 나자는 아주 밝은 빛이 되었다. "나는 그에게 대답했어요. 17프랑이면 하고, 18프랑이면 하지 않겠다고요." 이제 우리는, 발길이 닿는 대로 가다 보니 어느새 파부르 푸아소니에 거리에 있었다. 주위 사람들은 발걸음을 재촉하며 가고 있었고, 때는 저녁식사 시간이었다. 내가 그녀와 작별하려 하자 그녀는 누구 기다리는 사람이 있느냐고 물었다. "내 아내가요." "결혼하셨군요!" "아! 그래요……." 그러고는, 아주 낮고, 생각에 잠긴 듯한 달라진 어조로 "할 수 없군요. 그렇지만…… 그 위대한 생각은 뭐지요? 방금 그 생각이 굉장히 잘 보이기 시작했어요. 정말 별 하나가, 당신이 그쪽을 향해 가고 있는 별 하나가 있군요. 당신은 반드시 그 별에 도달할 수 있을 거예요. 당신이 말하는 걸 들으면서 그 길을 막을 수 있는 건 아무것도 없다는 생각이 들었어요. 물론 나도 막을 수 없지요. …… 당신이 그 별을 결코 내가 보는 식으로 볼 수는 없겠지요. 당신은 이해하지 못해요. 그 별은 마치 마음이 없는 꽃의 마음과 같지요." 나는 극도로 감동했다. 분위기를 바꿔 보려고 그녀가 어디서 저녁을 먹는지 물어보았다. 그러자 갑자기 내가 그녀에게서밖에는 볼 수 없었던 경쾌함이 느껴졌는데, 그것은 아마 정확히 말하면 자유로움이었을 것이다. "어디냐고요? (손가락을 내밀며) 저기, 아니면 저기(가장 가까이에 있는 두 개의 레스토랑), 내가 있는 곳이지요. 봐요. 항상 이런 식이죠." 막 가려고 하다가, 나는 다른 모든 질문을 함축하는 한 가지 질문을, 아마도 나만이 할 수 있는 질문을, 그러나 적어도 한 번은 그녀가 내 질문의 수준에 알맞은 대답을 찾을 수 있는, 그런 질문을 던지고 싶었다. "당신의 정체는 무엇인가요?" 그러자 그녀는, 머뭇거리지 않고 말했다. "나는 방황하는 영혼이에요." 우리는 라파예트와 푸아소니에 거리의 모퉁이에 있는 술집에서 다음날 만나기로 약속했다. 그녀는 내가 쓴 책 한두 권을 읽고 싶어 했는데, 그런 책에 별 흥미를 느끼지 못할 거라고 내가 회의적으로 말하자 그녀는 더욱더 열렬히 읽고 싶다는 마음을 표현했다. 인생이란 우리가 쓰는 글과는 다른 법이다. 그녀는 내게서 자기가 감동받은 것이 무엇인지를 말하기 위해 몇 분 더 나를 붙잡았다. 그녀가 해 준 말, 그것은 나의 생각, 나의 언어, 나의 존재 방식과 잘 어울리는 것 같은 말이면서, 내 생애 최고로 감동적인 찬사 중의 하나라고 할 수 있는 '단순성'이라는 말이었다.

10월 5일. 먼저 도착해 있던 나자는 더 이상 어제 같지 않았다. 아주 세련되게, 검은색과 빨간색으로 옷을 입은 그녀는 머리가 제멋대로 헝클어져 있던 어제의 모습과는 달리 아주 멋진 모자를 벗자 귀리 색 머리카락을 드러냈고, 실크 스타킹에 신발도 완벽하게 갖춰 신고 있는 차림이었다. 하지만 대화의 소통은 점점 더 어려워졌고, 그녀의 말은 계속 중단되었다. 그런 흐름은 내가 가져온 책(『길 잃은 발걸음』[33]과 『초현실주의 선

---

33) 『길 잃은 발걸음(Les Pas perdus)』(1924)은 브르통이 1917년부터 1923년까지 초현실주의의 탄생 과정과 초현실주의에 영향을 미친 작가들에 대해 쓴 에세이 모음집이다.

언』)들을 그녀가 빼앗아 들 때까지 계속되었다. "길 잃은 발걸음? 하지만 그런 건 없잖아요." 그녀는 대단한 호기심을 보이면서 책을 훑어보았다. 그녀의 주의 깊은 시선은 그 책에서 인용된 자리의 시에 집중되었다.

> 히스나무들 사이에 있는, 선돌들의 불두덩(恥丘)……
> Parmi les bruyères, pénil des menhirs……

나자는 그 시를 처음에는 아주 빠른 속도로 읽고, 그 다음에는 아주 면밀하게 살펴보듯이 읽었는데, 그 시가 그녀에게 반감을 주기는커녕 오히려 강렬한 감동을 준 것처럼 보였다. 두 번째 절 마지막 행에서, 그녀의 두 눈은 눈물로 젖고, 숲의 영상으로 가득 찼다. 그녀는 이 숲 근처를 지나가는 시인을 보다가, 멀리까지 따라가는 것처럼 보였다. "아니에요, 그는 숲 주위를 돌고 있어요. 그는 숲으로 들어갈 수가 없고, 들어가려고 하지도 않아요." 그런 다음 그녀는 그 시인을 시야에서 놓친 듯, 시로 돌아와 자신이 읽다 만 부분보다 약간 위쪽 부분에서, 가장 놀랍다고 느낀 단어들에 대해 질문을 했는데, 그녀의 질문은 그 시가 독자에게서 요구하는 공감과 이해력을 그녀가 제대로 갖추고 있다는 증거였다.

> 그들의 강철 검으로 담비와 흰 담비를 사냥하라.
> Chasse de leur acier la martre et l'hermine.

"그들의 강철 검으로? 담비와…… 흰 담비를. 그래요, 난 알겠어요. 날카로운 형태의 동굴, 차가운 강. 그들의 강철 검으로." 그리고 약간 더 아래쪽 부분에 이르렀을 때였다.

풍뎅이 소리를 삼키며, 샤반은……
En mangeant le bruit des hannetons, C'havann……

(공포에 질려, 책을 덮으면서)"아! 이건, 이건 바로 죽음이군요!" 두 책의 유사한 표지 색깔을 보고 그녀는 놀라워하면서 매혹되었다. 그것이 내게 '어울리는' 것처럼 보였을지 모른다. 내가 의도적으로(어느 정도) 그렇게 만든 것은 분명하다. 그 다음에 그녀는 나에게 자기가 알게 된 두 남자친구들에 관해 이야기를 해 주었다. 한 명은 그녀가 파리에 도착했을 때 알게 되어 습관적으로 '절친한 친구'라고 부르던 사람인데, 그는 그녀가 자기의 정체를 계속 모르기를 바랐고, 그녀는 그를 자세히 모르면서도 대단히 숭배했으며, 거의 일흔다섯 살에 가까운, 오랫동안 식민지에서 지낸 경험이 있는, 떠나면서 나자에게 자기는 세네갈로 돌아갈 것이라고 말한 남자였다. 다른 한 친구는 미국인인데, 앞의 남자와는 아주 다른 느낌을 불러일으켰던 것 같다. "그런데, 그는 죽은 자기 딸을 추억하면서 나를 '레나'라고 불렀어요. 아주 다정하고, 매우 연민을 불러일으키는 사람이지요. 안 그렇겠어요? 하지만 나는 그가 나를 그렇게, 마치 꿈꾸듯이 레나, 레나…… 하고 부르는 것을 더 이상 참을 수가 없게 되었어요. 그래서 나는 몇 번이나 내 손을 그의 눈앞에, 그의 눈 가까이에 이렇게 갖다 대고는, 말했어요. 아니에요, 레나가 아니에요, 나자예요." 우리는 길을 나섰다.

그녀는 다시 내게 말했다. "나는 당신의 집을 보고 있어요. 당신의 부인도 보이는데, 갈색 머리네요, 당연히 그렇겠죠. 작고 예쁘네요. 아, 그녀 옆에는 강아지가 한 마리 있어요. 그런데 어쩌면 다른 곳에 고양이도 한 마리 있을지 모르지요.(정확했다.) 지금은, 더 이상 아무것도 안 보이네요." 내가 집으로 가려고 하자 나자는 나와 택시에 동승했다. 우리가 잠시 말없이 있었는데 그녀가 갑자기 나에게 반말을 했다. "게임을 할까? 뭔가를 말해 봐. 눈을 감고 뭔가를 말해 봐. 아무거나, 숫자건 이름이건. 이렇게 말이야.(그녀는 눈을 감는다.) 둘이야, 무슨 둘일까? 두 여자. 그 여자들은 어때? 검은 옷을 입고 있어. 어디에 있지? 공원에…… 그리고 그녀들은 뭘 하지? 자, 아주 쉬워, 왜 당신은 게임 하고 싶지 않아? 나는 말이야, 나 혼자 있을 때 혼자 말하고 온갖 이야기를 다 해. 그렇지만 쓸데없는 이야기만 하는 건 아니야. 나는 그야말로 완전히 이런 식으로 살아왔단 말이야."* 나는 우리 집 문 앞에서 그녀와 헤어졌다. "그러면 나는, 지금? 어디로 가야 하지? 그래도 천천히 라파예트 길로, 푸아소니에 거리로 내려가서 우리가 있던 그 장소로 되돌아가는 편이 좋겠군."

10월 6일. 나는 5시 반에 나자와 다시 만나기로 한 '라 누벨 프랑스'로 가기 위해, 너무 빈둥거리며 시간을 보내지 않도록 4시쯤 집을 나섰다. 오페라 극장까지 뻗어 있는 대로의 모퉁이쯤 갔을 때, 가벼운 산보를 하고 싶은 생각이 들었다. 평

---

* 여기서 초현실주의적 열망의 극단적인 끝, 그것의 가장 강력한 극단적 생각에 가까운 모습을 볼 수 있는 것이 아닐까?

나는 5시 반에 나자와 다시 만나기로 한 '라 누벨 프랑스'로 가기 위해…

상시와는 달리, 나는 쇼세당탱 길의 오른쪽 인도를 따라 걷기로 했다. 내가 그때 막 마주치게 된 첫 번째 행인들 중 한 사람이, 첫날의 옷차림 그대로의 나자였다. 그녀는 마치 나를 보고 싶어 하지 않았던 것처럼 내 앞을 지나 걸어갔다. 첫날과 마찬가지로, 나는 그녀와 함께 가던 길을 되돌아왔다. 그녀는 자기가 왜 이 길에 있게 되었는지를 설명할 수 없는 듯 보였고, 내가 더 이상 길게 질문하지 못하게 하기 위해, 자기는 네덜란드 사탕을 찾고 있는 중이라고 설명했다. 별 생각 없이 어느새 우리는 발길을 돌려, 맨 처음 눈에 띄는 카페로 들어갔다. 나자는 나에게서 어떤 거리감을 발견하고, 의심스러워하는 태도를 보이기도 했다. 그런 태도로 그녀는 내 모자를 뒤집어 보았는데, 비록 그녀가 무의식적으로 그렇게 한 것 같았지만, 그것은 아마도 상대편 사람들이 모르는 사이에 그들의 국적을 짐작해 보려는 습관에 따라 모자 안감에 쓰여 있는 머리글자를 읽기 위해서였던 것 같다. 그녀는 우리가 만나기로 한 약속 장소에 나오지 않으려 했다고 고백한다. 그녀를 만난 순간 내가 빌려 준『길 잃은 발걸음』을 그녀가 손에 들고 있는 것을 알아챌 수 있었다. 그 책은 지금 테이블 위에 놓여 있는데, 얼핏 그 단면을 보니까 책에서 몇 페이지만 잘려 있는 것이 눈에 띄었다. 자, 그런데 그 부분은 어느 날 몇 분 간격을 두고 루이 아라공, 앙드레 드랭,[34] 그리고 내가 마주친 인상적인 만남의 이야기가 자세하게 기술되어 있는「새로운 정신」이라는 제목의 글이 있는 페이지였던 것이다. 그 당시 우리들 모두가 우유부단한 태

---

34) 앙드레 드랭은 프랑스 야수파를 대표하는 화가이다.

도를 보였다거나, 잠시 후에 같은 테이블에서 우리가 겪은 일을 이해해 보려다가 곤혹스러운 상태에 빠졌다는 이야기, 한쪽 보도에서 건너편 보도로 옮겨 다니며 행인들을 붙잡고 물어보는 매력적인 젊은 여성의 모습을 한 스핑크스 때문에 아라공과 나는 결국 같은 지점으로 되돌아가려는 억누를 수 없는 충동을 느꼈고, 물론 제멋대로이기는 하지만 그 지점들을 연결해 볼 수 있는 모든 동선을 따라 우리가 차례로 그녀를 찾아보려고 뛰어다닐 필요도 없었고, 지나간 시간 때문에 추적의 노력이 절망적이 될 수밖에 없었다는 실패의 이야기, 나 자의 관심이 곧바로 쏠리게 된 것은 바로 그런 이야기들이 쓰인 부분이었다. 그녀는 이날의 짧은 사건에 대한 이야기를 내가 논리적으로 설명할 수 없는 것처럼 생각한다는 사실에 놀라고 실망했다. 그녀는 그 이야기에 어느 정도의 정확한 의미가 무엇인지를, 그리고 그 이야기를 글로 발표한 이상 그것에 내가 어느 정도의 객관성을 부여했는지를 설명해 보라고 재촉했다. 나는 거기에 대해서는 아무것도 모른다고, 이런 사실에 대해 확인할 권리는 누구에게나 자유라고 생각하며, 만약 과신이 문제라면 내가 과신의 첫 번째 희생자였다고 대답하지 않을 수 없었지만, 그녀가 나를 놓아 주려 하지 않는다는 것을 알고 나니까, 그녀의 시선에서 초조하고 망연자실한 빛을 읽을 수 있었다. 어쩌면 그녀는 내가 거짓말하고 있다고 생각할지 모른다. 우리 사이에는 계속해서 불편한 분위기가 무겁게 짓누르듯이 감돌았다. 그녀가 집으로 돌아가겠다고 말해서 나는 바래다주겠다고 했다. 그녀는 기사에게 '테아트르 데 자르' (예술 극장) 주소를 가르쳐 주면서, 그곳이 자기가 살고 있는 집에서 아주 가까운 곳이라고 말했다. 가는 도중에, 그녀는 오랫동안, 침묵 속에서 내 얼굴을 뚫어지게 바라보았다. 그런 다음 그녀는 눈을 감고, 마치 우리가 아주 오랫동안 보지 못했거나, 아니면 다시 만날 것을 예상하지 못했던 사람이 나타났을 때처럼, 마치 '자기 눈을 믿지 못하겠다는' 것을 표현하기 위해서인 듯, 아주 재빨리 눈을 뜬다. 그녀의 내부에서 또다시 어떤 갈등이 생기는 듯했지만, 갑자기 나에게 몸을 내맡기면서 눈을 꼭 감은 채 입술을 내민다. …… 그녀는 이제 내가 자기에게 어떤 영향을 주고, 내가 원하는 것을, 어쩌면 더 나아가서 내가 원한다고 생각하는 것 이상일지도 모르는 일을 생각하게 만들고 행동하게 만드는지를 이야기한다. 그녀는 내게, 이런 점을 이용해서 자신을 괴롭히지 말 것을 간청한다. 그녀는 마치 나를 알기 훨씬 오래전부터, 나에게 전혀 비밀이 없었던 사람 같은 태도를 취했다. 「용해되는 물고기」[35] 끝에 등장하고, 그녀가 『초현실주의 선언』에서 읽었던 것 같은, 대화가 나오는 짧은 장면, 즉 내가 정확한 의미를 부여할 방법도 전혀 몰랐고, 그 안의 극중 인물들도 낯설어 보이고, 그들의 움직임 또한, 마치 그들이 모래의 물결과 함께 휩쓸려 갔다가 다시 돌아왔던 것처럼, 극도로 설명 불가능한 그런 장면이, 그녀에게는 자신이 거기에 진짜로 참가했다는 느낌, 심지어 거기서 가장 눈에 띄는 엘렌*의 역할을 연기했다는 느낌을 준 것이다. 장소, 분위

---

35) 「용해되는 물고기(Poisson soluble)」(1924)는 자동기술법을 사용한 브르통의 산문시다.

* 나는 개인적으로 이런 이름을 가진 어떤 여자도 알지 못했는데, 솔랑주라는 이름이 항상 나에게 기쁨을 준 것에 비해서 이 이름은 언제나 싫증을 느

하지만 위진 거리 3번지에 사는 점치는 여자 마담 사코는……

기, 배우들 각자의 동작은 내가 구상한 것 그대로였다. 그녀는 '그런 일이 어디서 일어났는지'를 내게 보여 주고 싶어 했다. 나는 함께 식사를 하자고 제안했다. 그녀의 마음속에 어떤 혼란이 일어난 것이 분명했는데, 그 이유는 그녀의 생각대로 우리가 일 생루이로 가지 않고 이상하게도 「용해되는 물고기」의 배경이 되는 도펜 광장으로 갔기 때문이다. '입맞춤은 참 빨리도 잊혀진다?' (이 도펜 광장은 내가 아는 가장 외딴 장소들 중의 하나이자, 파리에 있는 가장 기분 나쁜 공터들 중의 하나이다. 거기에 있을 때마다 매번 나는 다른 곳으로 가고 싶다는 생각에 조금씩 빠져드는 것을 느꼈고, 아주 부드럽고, 너무나 기분 좋게 지속적으로, 그러다가 결국 강한 파괴력으로 짓누르는 압박감에서 빠져나오기 위해 나 자신과 싸워야 했다. 게다가 나는 얼마 동안 이 광장에 인접해 있는 '시티 호텔'에 살았는데, 그곳은 지나치게 간단한 해결책에는 만족하지 않는 사람의 관점으로 볼 때 언제나 분주하게 오가는 사람들이 수상쩍어 보이는 곳이었다.) 날이 저물어 간다. 우리는 호젓하게 있기 위해서 와인 바의 바깥 자리에서 식사를 했다. 식사를 하는 동안, 처음으로 나자는, 아주 바람기 있는 여자의 모습을 보였다. 우리가 앉은 테이블 주위에서 어떤 술주정뱅이가 계속

끼게 하거나 무미건조해 보였다. 하지만 위진 거리 3번지에 사는 점치는 여자 마담 사코는, 나에 관한 점을 한 번도 잘못 맞춘 적이 없었는데, 그녀가 금년 초에 단정적으로 말한 바에 의하면 내가 '엘렌(Hélène)'이란 이름의 여자에게 온통 사로잡혀 지낸다는 것이다. 그로부터 얼마 후에 내가 엘렌 스미스에 관한 모든 일에 그렇게 관심을 보였던 것은 그런 이유 때문일까? 거기서 이끌어 낼 수 있는 결론과, 서로 아주 멀리 떨어져 있는 두 개의 이미지가 꿈속에서 융합된 것이 그전에 내게 부과하게 된 결론은 같은 종류의 것이라고 할 수 있다. 나자는 "엘렌이, 바로 나예요."라고 말했다.

82

우리는 호젓하게 있기 위해서 와인 바의 바깥 자리에서 식사를 했다.

어슬렁거리며 돌아다녔는데 그는 시비 거는 투로 언성을 높여 조리에 맞지 않는 말들을 떠들어 댔다. 그 소음 중에서 특히 그가 강조해서 발음하는 한두 마디 음란한 말들이 계속 들려왔다. 나무 밑에서 그 남자를 지켜보는 그의 부인은 때때로 그에게 "어서 가자니까, 안 올 거야?" 하고 소리만 지르는 데 그쳤다. 나는 몇 번이나 그를 멀리하려고 애썼지만 소용없는 일이었다. 후식이 나왔을 때, 나자는 자기 주위를 살피기 시작했다. 그녀는 우리 발밑에는 법원에서부터(그녀는 하얀 현관 층계 약간 오른쪽에 있는 법원의 어느 장소를 나에게 가리키면서) 시작하여 앙리 4세 호텔을 우회하는 지하도가 있다는 것을 확신하는 어조로 말했다. 그녀는 이 장소에서 과거에 일어났던 일, 그리고 그런 일이 다시 일어날 것에 대한 생각 때문에 불안해했다. 지금 그곳에서는 두세 커플들만 어둠 속에 파묻혀 있을 뿐인데, 그녀는 마치 군중의 물결을 보고 있는 듯 "죽은 사람들이 있어요! 죽은 사람들이!"라고 말했다. 그 술주정뱅이는 음산한 목소리로 계속 농지거리를 하고 있었다. 나자의 시선은 이제 주변의 집들을 돌아본다. "저기, 저 집의 창문이 보이세요? 다른 집 창문들처럼, 저 창문도 검은색이지요. 잘 보세요. 잠시 후면 창문에 불이 켜질 테니까. 창문은 붉은색이 될 거예요." 1분이 지났다. 창문이 환해졌다. 실제로 거기에는 빨간 커튼이 있었다. (나자의 예언이 이런 식으로 들어맞는 걸 어쩌면 믿기 어려운 일이라고 생각하는 건 유감스럽지만, 나로서는 달리 어쩔 수가 없다. 하지만 원망스러운 것은 이런 식으로 서술 방식을 결정하게 된 점이다. 나는 어두웠던 그 창문이 붉은색으로 변했다는 점을 인정하는 것에 그치겠다. 그것만 말하겠다.) 여기서 나는, 나자에게

엄습하기 시작한 것과 같은 공포가 나를 사로잡았다는 것을 고백하련다. "끔찍한 일이야! 나무들 사이를 지나가고 있는 것을 보았어? 푸른색, 바람, 푸른 바람. 나는 예전에, 단 한 번, 이런 나무들에서 파란 바람이 지나가는 것을 보았지. 바로 저기, 앙리 4세 호텔*의 창문에서, 그리고 내가 당신에게 이야기했던 두 번째 친구는, 곧 떠나려고 하는 거야. 또 이렇게 말하는 목소리도 들렸어. 너는 죽을 거야, 너는 죽을 거야. 나는 죽고 싶지 않았고, 그런데 현기증을 느꼈어. …… 만약 누군가 나를 붙잡지 않았다면, 나는 분명히 쓰러졌을 거야." 나는 지금이야말로 이 장소를 떠나야 할 때라고 생각했다. 강변을 따라가는 동안, 그녀의 몸이 심하게 떨고 있는 것을 느꼈다. 나자는 먼저 콩시에르주리[36] 쪽으로 되돌아가고 싶어 했다. 그녀는 자기 몸을 제대로 가누지 못하고 나에게 완전히 의지했다. 하지만 그녀는 무언가를 찾으면서, 어떤 마당 안으로, 그녀가 갑자기 찾아낸 어떤 경찰서의 마당 안으로 기어코 들어가려고 했다. "여기가 아니야. …… 하지만, 말해 봐, 왜 너는 감옥에 가야만 하니? 넌 무슨 짓을 했던 거야? 나도 감옥에 있었어. 나는 누구였지? 몇 세기 전에 말이야. 그리고 너는, 이봐, 너는 누구였지?" 우리는 다시 철책 옆길을 따라 걸었는데, 갑자기 나자가 더 이상 움직이지 않으려 했다. 거기에는 오른쪽에, 도랑 쪽으

---

* 이 호텔은 바로 앞에서 문제가 되었던 그 집의 건너편에 있는데, 이런 생각은 언제나 손쉬운 결론을 내리기 좋아하는 사람들의 것이다.

36) 콩시에르주리는 프랑스 파리 법원 내에 있는 부속 건물로 19세기까지 감옥이었다. 마리 앙투아네트, 로베스피에르 등이 단두대로 가기 전에 수감되어 있던 곳으로 유명하다.

로 나 있는 낮은 창문이 하나 있었는데, 그 창문을 보자 그녀
는 더 이상 발걸음을 옮기려 하지 않았다. 폐쇄된 것 같은 이
창문 앞에서 그녀는 반드시 기다리고 있어야 한다고 알고 있
었다. 모든 일이 바로 그 자리에서 유래하는 것일 수 있다. 모
든 일이 바로 거기서 시작되는 것이다. 그녀는 내게 끌려 가지
않으려고 두 손으로 철책을 꼭 잡았다. 그녀는 더 이상 내가
묻는 말에 대답하지 않는다. 마지못해 나는 결국 그녀가 자진
해서 걸어갈 수 있기를 기다리기로 한다. 그녀는 계속 지하도
에 대한 상념에 사로잡혀 있다가 아마 자기가 여러 출구 가운
데 한 끝에 있다고 생각했을지 모른다. 그녀는 마리 앙투아네
트의 측근 가운데 자기가 누구였을까 자문하기도 했다. 행인
들의 발걸음 소리만 들어도 그녀는 오랫동안 몸을 떨었다. 나
는 불안해졌고, 그래서 철책을 잡고 있는 그녀의 손을 차례로
떼어 내고 마침내 그녀가 나를 따라오도록 만들었다. 반시간
이 넘게 흘렀다. 다리를 건너서, 우리는 루브르를 향해 걸어갔
다. 나자는 계속 멍한 상태였다. 그녀의 관심을 내 쪽으로 돌
리기 위해, 나는 그녀에게 보들레르의 시 한 수를 읊어 주었지
만, 내 목소리의 억양이, 조금 전에 한 입맞춤의 기억이 남아
있는 그녀에게는, 더 악화된 새로운 두려움을 불러일으켰다.
"위협이 있는 곳에서의 입맞춤." 그녀는 다시 멈춰 서서 돌난
간에 팔꿈치를 고였고, 그 시간이면 빛으로 반짝이는 강물을
그녀와 나는 동시에 하염없이 바라보았다. "이 손, 센 강 위에
있는 손, 왜 이 손은 물 위에서 불타고 있는 것일까? 불과 물
이 같다는 건 사실이야. 하지만 이 손은 무엇을 의미하지? 당
신이 그걸 어떻게 설명할 수 있겠어? 내가 이 손을 볼 수 있게

우리 앞에서 솟구쳐 오르는 분수가 곡선을 그리는 모양을……

내버려 둬. 왜 당신은 우리가 계속 걸어가길 바라는 거야? 당신은 무엇을 두려워하는 거지? 당신은 내가 미쳤다고 생각하지, 그렇지? 난 미치지 않았어. 하지만 이것이 당신에게 무엇을 의미하는 걸까, 물 위의 불, 물 위의 불타는 손? (장난삼아 말하는 투로) 물론 이게 운명은 아니지. 불과 물, 그것은 같은 거야, 불과 금, 그건 너무 다르고." 자정이 가까워질 때쯤, 우리가 튈르리 공원을 지나게 되자, 그녀는 거기서 잠시 앉아 있고 싶어 했다. 우리 앞에서 솟구쳐 오르는 분수가 곡선을 그리는 모양을 그녀는 따라가듯 바라보았다. "이것은 당신의 생각과 나의 생각이야. 생각이 어디서부터 시작해서 어디까지 올라가는지, 떨어질 때 얼마나 더 예쁜지 잘 봐요. 그리고 곧 사라져 버리고, 똑같은 힘으로 또 올라갔다가, 다시 솟구쳐 오르는 물줄기가 힘을 잃으면 추락하고. …… 이렇게 하염없이." 나는 외치듯이 말했다. "그런데 나자, 정말 이상해! 내가 얼마 전에 읽은 책 중에서 당신은 모르는 책이 있는데, 지금 당신의 표현이 그 책 안에 쓰인 것과 거의 같은 식이야. 나자, 당신은 도대체 어디서 본 이미지를 말하고 있는 거지? (그래서 나는 그 책의 결말 부분에서 이상주의적인 태도를 옹호하는 관점에서 중요한 의미를 갖고 있는 "물을 솟아오르게 하고 또한 떨어지게 만드는 동일한 힘"이라는 설명이 곁들여진, 1750년 판 버클리[37]의 『힐라스와 필로누스의 대화』의 3권 앞부분에 있는 삽화의 내용이 그런 이미지와 같다는 것을 그녀에게 설명해 주었다.) 하지만 그녀는 내 말을 듣지 않고, 우리 앞을 여러 번 지나가는 어떤 남자가 자기에게 수작을 부

---

37) 조지 버클리(George Berkeley)는 영국계 아일랜드의 성공회 주교이며 영국 고전 경험론을 대표하는 철학자이다.

Urget aquas vis sursum eadem flectit que deorsum.

TROISIÉME

DIALOGUE

HILONOUS. Hé bien, *Hyla*
quels font les fruits de vos m
ditations d'hier? vous ont-e

버클리의 『힐라스와 필로누스의 대화』의 3권 앞부분에 있는 삽화의 내용이……

리는 몸짓에 완전히 정신이 팔려 있었는데, 그녀가 그를 알고 있는 게 아닐까 하는 생각이 드는 이유는, 그녀가 그 시간에 공원에 나와 있는 일이 처음이 아니었기 때문이다. 그 남자가, 바로 그 사람이라면, 그녀에게 결혼하자고 했던 사람이다. 그래서 그녀는 그의 어린 딸을 생각해 보게 되었다는 것인데, 그녀가 나에게 그 아이의 모습을 이야기해 준 바에 의하면 그 아이는 아주 귀여웠고, 특히 다른 아이들과 마찬가지로 어렸기 때문에 인형을 보면 "눈 뒤에 무엇이 있는지 보기 위해 눈알을 빼 보려고 했다."는 것이다. 그녀는 자기가 항상 아이들의 주의를 끈다는 것을 알고 있다. 그녀가 어디 있건, 아이들은 그녀 주위로 모여들며 미소를 짓는다는 것이다. 이제 그녀는 혼잣말처럼 말한다. 나 역시 그녀가 말하는 모든 이야기에 더 이상 흥미를 잃게 되자, 그녀는 머리를 내 반대쪽으로 돌렸고, 나는 지치기 시작했다. 하지만 내가 전혀 조급한 표정을 짓지 않았는데도 그녀는 "더 이상, 할 말이 없어요. 갑자기 당신이 나 때문에 괴로워한다는 걸 알았어요. (내게로 돌아서더니) 이만. 끝이에요."라고 말했다. 정원을 나와서, 우리는 생토노레 길로, 아직 불이 꺼지지 않은 한 술집을 향해 갔다. 그녀는 우리가 도팽 광장에서 '도팽'으로 왔음을 강조했다.[38](언어 유희를 즐길 때, 나는 종종 동물 중에서 돌고래와 동일시된 적이 있다.) 하지만 나자가 바닥의 모자이크 띠가 계산대로부터 이어져 내려오는 것을 보고 겁에 질린 표정을 짓길래 나는 곧바로 나가자고 했다. 우리는 이럭저럭 그 다음 다음날 저녁에 '누벨 프랑스'에서 다시

---

38) 프랑스어에서 '황후(dauphine)' 및 '황태자(dauphin)'와 '돌고래(dauphin)' 는 철자와 발음이 비슷하다.

만날 것을 약속했다.

10월 7일. 나는 극심한 두통을 겪었는데, 고통의 원인은, 내 생각과 다른 이유일지도 모르지만, 전날 밤의 착잡한 감정과 그녀의 상태에 계속 주의를 기울이면서 기분을 맞춰 주느라 신경을 많이 쓴 탓이라고 생각했다. 그러나 아침나절 내내 나는 나자를 걱정하면서, 그녀와 오늘 약속을 잡지 않은 것을 후회했다. 나는 나 자신에게 화가 났다. 내가 그녀를 너무 지켜보기만 한 것 같지만, 그렇다고 달리 무엇을 할 수 있겠는가? 그녀는 나를 어떻게 보고 어떻게 생각하는 것일까? 내가 나자를 사랑하지 않으면서도 그녀를 계속 만난다면 그것은 용서할 수 없는 일이다. 내가 그녀를 사랑하지 않는 것일까? 나는, 나자와 가깝게 지내면서도 그녀보다는 그녀 옆에 있는 것들에 더 가까이 있다. 그녀가 처한 상황에서, 그녀는 어쩔 수 없이 이런저런 이유로, 갑자기 나의 도움을 필요로 할 것이다. 그녀가 내게 무엇을 요구하건, 그 요구를 거절한다는 것은 몹쓸 짓이라고 할 만큼 그녀는 순수하고 지상의 모든 관계로부터 자유로웠으며 생활에 별로 집착하지 않았다. 어제 그녀가 몸을 떤 이유는 아마 추위 때문이었을 것이다. 너무 얇게 입었으니까. 내가 그녀에 대해 보이는 일종의 관심만으로 그녀를 안심시키지 못하고, 그녀가 어떻게 생각할지 모르겠지만, 그녀를 일시적인 기분 전환의 대상으로 생각하지 않는다는 것을 설득시키지 못한다면 그것은 용서받을 수 없는 일이다. 어떻게 해야 할까? 내일 저녁까지 기다리기로 마음을 정할 수는 없다. 그녀를 만나지 못한다면, 오늘 오후에는 무엇을 해야 할까? 앞으로 더 이상 그녀를 만나지 못한다면? 더 이상은 모르겠다. 내가 더 이상 알지 못해도 그것은 결국 당연한 일일 수밖에 없다. 그리고 그런 일은 절대로 돌이킬 수 없는 일이다. 틀린 징조, 일시적인 영감, 영혼의 위험한 함정, 심연, 찬란하게 슬픈 예언의 새가 몸을 던지는 심연 같은 것이 있을 수도 있다. 6시쯤에 우리가 전에 만난 적이 있는 그 바에 가 보는 일 외에 달리 무엇을 하겠는가? …… 가지 않는다면, 당연히 그녀를 다시 만날 기회는 없다. 그러나 '하지 않는다면'이라는 가정에는, 요행을 바라는 심정을 넘어서서, 나자가 개입할 가능성이 그만큼 많아지지 않을까? 나는 3시쯤 아내와 또 한 여자 친구와 함께 외출했다. 택시 안에서 우리는 점심식사 때 나누었던 나자에 대한 이야기를 계속했다. 지나가는 행인들에게는 눈길을 전혀 돌리지 않았는데도 갑자기 생조르주 거리 입구, 왼쪽 인도 위에서, 정체를 알 수 없이 빠르게 지나가는 어떤 반점 때문에 나는 거의 반사적으로 길에 뛰어내렸다. 나자가 막 지나간 것처럼 보였다. 나는 나자가 갈 수 있을 만한 세 방향 가운데 한쪽으로 무턱대고 뛰어갔다. 그 자리에 막 멈춰 서서, 그때까지 동행한 듯 보이는 어떤 남자와 이야기하고 있는 사람은 바로 나자였다. 그녀는 내 쪽으로 오기 위해 그 남자와 서둘러 헤어졌다. 카페에서, 우리의 대화는 잘 이어지지 않았다. 그녀를 연이틀 동안 이렇게 만난 것이다. 분명히 그녀는 내 의지대로 움직이고 있었다. 이런 말을 하고 난 후에, 그녀는 속마음을 전혀 털어놓으려 하지 않았다. 그녀의 재정 상태가 완전히 절망적이기 때문에 그녀가 지금이라도 자신의 상태를 호전시킬 기회를 찾으려면 나를 만나지 말아야 할 것 같다고 했기 때문이다. 나자는 자기의 옷이 얼마나 튼튼한지를 보여 주려고 자기가 입고 있는 원피스를 만져보게 하면서 "그런데 이 옷은 다른 장점은 하나도 없어요."라고 말했다. 앞으로 빚이 더 늘어날 가능성은 없지만 그녀는 현재 묵고 있는 호텔 지배인에게서 온갖 협박과 끔찍한 제안에 시달리고 있다는 것이다. 미용실에 가거나 클라리주 호텔에 가는 데 필요한 돈이 없어도, 만약 나라는 존재가 없다면 그녀는 돈을 벌기 위해 어떤 방법을 취했을지를 전혀 숨기지 않았다. 클라리주 호텔에서라면 반드시……. "어쩔 수 없잖아요?" 그녀는 내게 웃으면서 말했다. "난 돈이 떨어졌어요. 게다가, 이제는 희망도 사라졌어요. 전에 꼭 한 번, 내 친구가 남기고 간 2만 5000프랑의 거액을 손에 쥔 적이 있었지요. 누군가 내게, 라에이에 가서 이 돈을 코카인과 맞바꾸기만 한다면 며칠 안에 그 금액을 세 배로 쉽게 불릴 수 있다고 장담하는 거예요. 그 사람은 같은 용도로 쓸 수 있는 3만 5000프랑이나 되는 돈을 더 내게 맡기기까지 했어요. 모든 일이 순조롭게 되었지요. 이틀 후 나는 가방 속에 거의 2킬로그램이나 되는 마약을 가지고 돌아왔어요. 여행도 최고로 호강하면서 했지요. 하지만 기차에서 내리는데 '당신은 가지 마세요.'라고 나에게 말하는 것 같은 목소리가 들리는 거예요. 내가 막 플랫폼에 내렸는데, 전혀 모르는 어떤 신사가 나를 마중하러 나왔다는 듯이 다가오는 거예요. '실례합니다. D양이시죠? 이야기 좀 나눌 수 있을까요?' 하고 말했어요. '네, 죄송합니다만, 저는 잘 모르겠…….' '상관없습니다. 이게 제 신분증입니다.' 그리고 그는 나를 경찰서로 데리고 갔어요. 거기서 사람들은 내 가방 속에 있는 게 뭐냐고 물었지요. 나는 당연히 가방을 전부 열어 보이면서 대답했죠. 결국 변호산지 판산지 하는 G라고 하는 친구 하나가 손을 써서 그날 풀려났어요. …… 그들은 내게 더 이상 물어보지 않았고, 나도 너무 흥분한 탓에 모든 것이 내 가방 속에만 있는 게 아니까 모자의 리본 밑도 찾아봐야 한다는 건 일러 주지 않았어요. 그러나 그들이 다른 데까지 찾는 수고를 할 필요는 없었지요. 나는 그것을 혼자만 알 수 있게 잘 숨겨 두었으니까요. 물론 오래전에 다 끝난 일이에요." 그녀는 지금 내게 보여 준 편지를 손에 쥐고 구기고 있다. 그것은 일요일에 '테아트르 프랑세'에서 나오다가 만난 남자의 편지였다. "월초가 되어서야 겨우 편지를 쓰기 시작했고, 편지 쓰는 데 며칠 걸렸으니까." 그는 아마 직장인이었을 거라고 했다. 그녀는 지금 그 사람에게 혹은 또 다른 누구에게 전화할 수 있었을 테지만, 그런 결심을 하지 않는 것이다. 그녀에게 돈이 바닥났다는 것은 확실하다. 지금 당장 그녀에게 필요한 돈은 얼마일까? 500프랑. 내가 그 돈을 당장 갖고 있지 않았으므로, 다음날 그녀에게 돈을 보내 주겠다고 말하자, 그녀의 모든 근심은 어느새 사라져 버렸다. 나는 다시 한 번 가벼운 마음과 열정이 근사하게 뒤섞이는 기분을 느꼈다. 정중하게 나는 그녀의 아주 예쁜 이에 키스하자, 그녀는 천천히, 심각하게, 첫 번째보다 두 번째는 몇 음조 더 높은 목소리로 말했다. "성찬식은 침묵 속에 거행되느니. …… 성찬식은 침묵 속에 거행되느니." 그녀가 내게 설명한 바에 의하면 입맞춤을 통해 그녀의 이가 "성체의 빵을 대신하는" 어떤 성스러운 느낌을 갖게 되었다는 것이다.

파올로 우첼로,「성체(聖體)의 신성모독」

10월 8일. 잠에서 깨어나자, 아라공이 이탈리아에서 부친 편지를 뜯어 보았는데, 내가 모르는 우첼로라는 화가의 그림에서 중심 부분의 세부를 찍은 사진 복사본이 들어 있었다. 이 그림의 제목은 「성체(聖體)의 신성모독」*이었다.[39] 별다른 사건 없이 하루가 지나간 저녁 무렵, 나는 늘상 가던 술집으로('누벨 프랑스'로) 가서 나자를 헛되이 기다렸다. 나자가 내 앞에서 사라질까 봐 그 어느 때보다도 불안한 마음이 들었다. 내가 할 수 있는 유일한 일은, '테아트르 데 자르'에서 멀지 않은, 그녀가 살고 있는 곳을 찾아보는 일이었다. 나는 어렵지 않게 그곳을 찾아낼 수 있었다. 세 번째로 찾아가 문의한 호텔이 바로 그녀가 묵고 있는 쉐로이 가의 테아트르 호텔이었다. 나자가 방에 없어서, 그녀에게 약속한 것을 건네 줄 수 있는 방법을 묻는 메모를 남기고 나왔다.

10월 9일. 내가 없을 때에 나자가 전화를 했다. 전화를 받은 사람이, 내 편에서 어떻게 연락할 수 있는지를 물어보자, 그녀가 "내게는 연락할 수 없어요."라고 대답했다는 것이다. 그렇지만 잠시 후 속달우편을 통해, 그녀는 내가 5시 반에 바에 들르도록 했다. 결국 거기서 그녀를 만날 수 있었다. 전날 나자

---

* 나는 몇 달이 더 지나서야 이 그림의 전체 사진을 볼 수 있었다. 숨겨진 의도와, 요컨대 지나치게 꼼꼼한 해설은 부담스럽게 느껴졌다.

39) 15세기 이탈리아의 화가 파올로 우첼로는 투시도법에 심취했다고 전해진다. 이 그림은 「신성모독을 당한 성체의 기적」 시리즈 가운데 두 번째 장면. 어떤 여자가 유대인 상인에게 성체(성찬식 빵)를 팔았는데 그 유대인이 성체를 불에 태우자 성체에서 피가 흘렀다. 이 사실이 발각되어 유대인 가족은 화형을 당했는데, 「성체의 신성모독」은 피 흘리는 성체와 유대인 가족을 잡으러 온 사람들을 묘사한 그림이다.

가 나오지 않았던 것은 오해에서 빚어진 일이다. 우리는 평소와 달리 '라 레장스'에서 만나기로 약속했는데, 그 사실을 내가 잊어버린 것이다. 나는 나자에게 돈을 건네 주었다.* 그녀는 눈물을 흘렸다. 우리 두 사람밖에 없을 때 한 늙은 걸인이 들어왔는데, 그런 사람이 나타나는 걸 한 번도 본 적이 없다는 생각이 들었다. 그는 프랑스 역사와 관련된 초라한 그림 몇 장을 내놓았다. 그가 끈질기게 사 달라고 조르면서 내민 것은, 루이 6세와 7세 치하의 에피소드들과 관련된 그림들이었다. (나는 최근에 마침 '궁정의 사랑'이란 주제를 중심으로 이 시기에 관심을 갖게 되었고, 그 당시의 인생관은 어떤 것이었을까를 열심히 생각해 보던 중이었다.) 그 늙은 걸인은 알아들을 수 없는 말투로 그 모든 삽화를 하나하나 설명했지만, 나는 그가 쉬제르*에 대해 말하는 것을 잘 이해하지는 못했다.[40] 내가 그에게 준 2프랑과 그를 보내려고 더 얹어 준 2프랑 덕분에, 그는 갖고 있던 모든 그림을 포함하여 여자들이 그려져 있는 매끄러운 칼라 엽서 십여 장을 모두 우리에게 주었다. 안 그래도 된다고 했지만 그를 만류할 수가 없었다. 그는 뒷걸음질 치면서 물러갔다. "하느님의 축복을 받으세요, 아가씨. 하느님의 축복을 받으세요, 선생님." 이제 나자는 최근에 자기가 받은 편지를 나에게 보여 주

---

* 먼저 이야기했던 금액의 세 배였는데, 일치가 안 되는 것도 아니라는 사실을, 나는 이제 막 알게 되었다.

* 비쩍 마른 쉬제르가 센 강 쪽으로 서둘러 갈 때(기욤 아폴리네르). (1962년 가을, 9월)

40) 쉬제르는 생드니 수도원에서 자라 1122년에 대수도원장이 되었다. 브르통은 여기에 대해서 아폴리네르의 『칼리그람(Calligrammes)』(1918)에 수록된 시 「생메리의 악사(Le Musicien de Saint-Merry)」를 인용한 것이다.

나는 최근에 마침 '궁정의 사랑'이란 주제를 중심으로 이 시기에 관심을 갖게 되었고……

었는데, 나는 그 편지들이 전혀 마음에 들지 않았다. 그것들은 이미 문제가 되었던 그 G라는 사람의 서명이 있는 감상적이고 과장된 문체의 우스꽝스러운 글들이었다. G……? 분명히 그것은, 며칠 전에 자기 애인을 독살한 혐의로 기소된 시에리 부인에 대한 재판에서, 상스러운 단어를 사용해 가며 그 피의자에게 "은혜에 대한 고마움"(웃음)을 모른다고 훈계한, 중죄재판소 재판장의 이름이다. 마침 폴 엘뤼아르가 자기는 그 이름이 기억나지 않는다면서 나에게 그 이름을 기억해 보라고 한 적이 있었는데, 결국 《레볼루시옹 쉬르레알리스트》[41]를 특집으로 다룬 《르뷔 드 라 프레스》[42]의 원고에서는 그 이름이 언급된 자리가 공백으로 남게 되었다. 나는 내 눈 앞에 보이는, 저울이 인쇄된 봉투 뒷면을 불편한 기분으로 바라보았다.

10월 10일. 우리는 말라케 부두에 있는 들라보르드 식당에서 저녁을 먹었다. 웨이터의 행동은 눈에 띄게 서툴렀다. 나자에게 반한 것 같았다. 그는 있지도 않은 음식 부스러기를 냅킨으로 훔치고, 이유 없이 그녀의 손가방을 옮겨 놓고, 주문한 음식을 하나도 기억하지도 못한 채 우리 테이블 주변에서 쓸데없이 바쁘게 움직였다. 나자는 몰래 웃더니 나에게 이쯤에

---

41) 《레볼루시옹 쉬르레알리스트(La Révolution surréaliste)》는 '초현실주의 혁명'이라는 뜻으로, 파리에서 1924년에서 1929년까지 총 12호가 발간되었던 초현실주의자들의 기관지다. 초대 편집장은 피에르 나빌과 뱅자맹 페레였으며, 창간호에는 앙드레 브르통의 「초현실주의 선언」이 실렸다.

42) 엘뤼아르와 페레는 독자적으로 《르뷔 드 라 프레스(Revue de la presse)》('언론 리뷰'라는 뜻)라는 잡지를 발간하면서, 1933년 5월에 초현실주의 혁명과 관련된 특집 증간호를 냈다.

서 끝날 일이 아니라고 예언했다. 정말로, 그가 정상적으로 옆 테이블에 서빙을 할 때에도 우리들 잔 옆 쪽에 와인을 쏟거나, 우리 앞에 접시를 놓는 데 극도로 조심하다가 다른 쪽 접시를 뒤엎어서 접시가 떨어지고 깨지는 일이 벌어졌다. 식사의 처음부터 끝까지(다시 믿을 수 없는 일이 벌어지게 되는데) 깨진 접시를 세어 보니 열한 개나 되었다. 그가 주방에서 나올 때마다 우리 앞에서 나자를 쳐다보는 모습은 꼭 넋을 잃은 것처럼 보였다. 그것은 우스꽝스러우면서 동시에 안쓰러운 장면이기도 했다. 마침내 그는 더 이상 우리 테이블에 다가올 엄두를 내지 못했고, 우리는 간신히 식사를 끝냈다. 나자는 전혀 놀라지 않았다. 그녀는 어디에 가든 늘 남자들, 특히 흑인 남자들이 그녀에게 말을 건네러 다가올 수밖에 없도록 만드는 마력이 자신에게 있다는 걸 알고 있다. 그녀는 3시에 '르 펠르티에' 지하철역 매표소에서, 누가 그녀에게 2프랑짜리 새 동전을 건네 주길래 계단을 내려가는 동안 그것을 손에 꼭 쥐고 있었다는 이야기를 했다. 표에 구멍을 뚫는 직원에게 그녀가 물었다. "앞면이게요, 뒷면이게요?" 그는 뒷면이라고 대답했다. 맞힌 것이다. "아가씨, 조금 후에 남자친구를 만날 수 있을지를 물어봤죠? 만나게 될 거예요." 강변을 따라서 우리는 앵스티튀(프랑스 학사원)가 있는 위치에 이르렀다. 그녀는 자기가 '절친한 친구'라고 부르는 그 남자에 대한 이야기를 다시 꺼내면서, 지금의 그녀가 될 수 있었던 것은 그 사람 덕분이라고 말했다. "그 사람이 없었으면 지금 나는 형편없는 갈보가 되었을 거예요." 나는 그가 매일 밤, 저녁식사 후에, 그녀를 잠재워 주었다는 것을 알았다. 그녀는 몇 달이 지나서야 그 사실을 깨닫게 되었다. 그는 그녀에게 그날 있었던 일을 전부 소상하게 말하도록 했고, 잘한 일이라고 생각하는 일은 칭찬하고, 그렇지 않은 일에 대해서는 나무랐다. 그리고 그 다음엔 언제나 머릿속의 통증 때문에, 그녀가 해서는 안 되는 일을 되풀이해서 말하지는 못했다는 것이다. 나자가 자신에 대해 아무것도 알지 못하기를 바랐던 흰 수염에 파묻힌 모습의 이 남자는 그녀에게 왕과 같은 인상을 주었다. 그와 함께 어디에 들어가건, 그가 지나가는 길에는 극진한 존경심으로 배려하는 움직임이 생기는 것이었다. 그러나 그 후에, 어느 날 저녁 지하철역의 벤치에서 그를 다시 보았을 때, 그녀는 그가 아주 지치고, 아주 허름한 차림이고, 아주 늙었다는 것을 알게 되었다. 나자가 똑바로 더 멀리 가기를 싫어해서, 우리는 센 가 쪽으로 돌아갔다. 그녀는 또다시 아주 산만한 상태가 되어 천천히 자기의 손으로 하늘 위에 그리는 빛을 지켜보라고 말했다. "언제나 이 손이야." 그녀는 도르봉 서점 약간 위쪽의 어떤 벽보에서 실제로 보이는 손을 가리켰다. 거기에는 정말로, 우리들 위쪽에 아주 높은 곳에서, 무엇을 선전하는지는 모르겠지만, 검지를 치켜든 빨간색 손이 있었다. 그녀는 꼭 그 손을 만져 봐야 한다는 생각으로 뛰어오르면서 거기 닿으려 하다가, 마침내 그 손 위에 자기 손을 겹쳐 볼 수 있었다. "불의 손, 그게 당신의 주제예요. 그게 당신이란 것을 아시겠지요." 그녀는 잠시 말없이 있었는데, 그녀의 눈에 눈물이 고였을 거라는 생각이 들었다. 그러다가 그녀는 갑자기, 내 앞에 서서 나를 거의 붙잡을 듯하더니, 마치 텅 빈 성안에서 이 방 저 방 옮겨 다니며 누군가를 부르는 듯한 기이한 방식으로 내 이름을 불렀다. "앙드레? 앙드레? …… 당신은 나에 대한 소설을 쓰겠지요. 난 그걸 확신해요. 아니라고 말하지 말아요. 주의해야 할 일은 모든 것은 희미해지기 마련이고, 모든 것은 사라져 간다는 점이에요. 우리에게는 무언가가 남아 있어야 하는데…… 그렇지만 그런 건 아무것도 아니야. 다른 이름을 가져야 해요. 내가 어떤 이름을 말하면 당신은 동의해야 해요, 그게 제일 중요하지. 당신과 관련해서 떠오르는 건 항상 불이니까, 그 이름은 어느 정도 불의 이름이 되어야 해요. 손도 떠오르지만, 그건 불만큼 중요하진 않아. 나에게 보이는 건, 이렇게(카드를 숨기는 동작을 하며) 손목에서 나와 곧 손을 뜨겁게 달구는 불꽃인데, 눈 깜짝할 사이에 사라져 버려. 당신은 아랍어나 라틴어로 된 가명을 갖는 게 좋을 거야.* 약속해요. 그래야 해요." 나자는 새로운 이미지를 이용해서 자기가 어떻게 사는지를 내게 이해시키려고 했다. 그것은 욕조에 몸을 담그고 있을 때, 그녀가 물의 표면을 응시하고 있는데도 그녀의 몸은 멀어져 가는 것처럼 느낄 때의 아침 같은 것이다. "나는 거울 없는 방 안에 있는 욕조 위에서 떠오르는 상념을 따라가지요." 그녀는 어제 저녁 8시쯤, 주변에 아무도 없다고 생각하며 팔레르와얄 갤러리 밑에서 몇 스텝 정도 춤을 추면서 낮은 음으로 노래 부르며 산책하고 있을 때 겪었던 이상한 일을, 잊고 있다가 문득 생각난 듯이 말했다. 어떤 노파가 굳게 잠긴 문 앞에 나타났는데, 나자는 그 노파가 자기에게 돈을 구걸하리라 생각했다는 것이다. 그런데 그 노파는 그녀에게 연필이 있냐고 했을 뿐이었다. 나자는 노파에게 연필을 빌려 주었고, 노파는 명

---

* 누군가 말하길, 많은 아랍 집들의 문 위에는 빨간 손, '파트마의 손'이 간단한 형태로 그려져 있다고 한다.

그것은 정면 아치에 ˈCAMEES DURS(견고한 카메오들)ʼ이라는 간판이 걸린 집 앞에서……

함 위에 몇 마디를 급하게 적더니 그것을 문 밑으로 밀어 넣었다. 그러자 곧 노파는 나자에게 자기가 '마담 카메'를 만나러 왔는데 공교롭게도 그녀가 집에 없다면서 나자에게도 같은 명함을 건네 주었다. 그것은 정면 아치에 'CAMEES DURS(견고한 카메오들)'이라는 간판이 걸린 집 앞에서 일어난 일이었다. 나자에 따르면, 이 노파는 마법사가 분명하다는 것이었다. 나는 나자가 내게 주면서 잘 보관해 두라고 한 아주 작은 명함을 자세히 들여다보았다. '마담 오브리 아브리바르, 여류 문인, 바렌 거리 20번지, 3층 우측 문.'(이 이야기는 좀 더 명확히 밝혀져야 할 것이다.) 나자는 늘어진 망토 자락을 어깨 위로 넘기고는 놀랍게도 낭만주의 시대의 판화에서 보이는 악마의 모습을 그대로 흉내 냈다. 날씨는 대단히 음울하고 추웠다. 그녀 곁에 다가서면서, 나는 그녀가 떨고 있는 것을, 글자 그대로 '나뭇잎 떨 듯이' 떨고 있는 것을 확인하고는 두려움을 느꼈다.

10월 11일. 폴 엘뤼아르가 명함에 쓰여 있는 주소로 찾아갔지만 아무도 없었다. 명함에 적힌 주소의 문 앞에 뒤집어서 핀으로 꽂아 놓은 편지봉투에는 이런 말이 적혀 있었다. "오늘 10월 11일, 마담 오브리 아브리바르는 아주 늦게 돌아오긴 하겠지만, 돌아오는 것은 분명합니다." 나는 쓸데없이 오후까지 늘어진 회의 때문에 기분이 안 좋았다. 게다가 나자가 늦게 왔고, 나는 그녀에게서 특별한 것을 전혀 기대하지 않았다. 우리는 나란히 그러나 멀리 떨어져서 이 골목 저 골목을 거닐었다. 그녀는 점점 더 또박또박 한 음절씩 끊으면서, 여러 번 되풀이하여 말했다. "시간은 여유가 없게 굴어. 시간은 여유가 없다니

우리는 마장타 거리의 '스핑크스 호텔' 앞을 지나게 되었다.

까, 왜냐하면 모든 일이 정확한 시간에 일어나야만 하니까." 그
녀가 식당 문 앞에 있는 메뉴판을 읽고 어떤 음식 이름을 가
지고 말장난 하는 것을 보고 있자니 짜증이 났다. 지루함이 느
껴졌다. 우리는 마장타 거리의 '스핑크스 호텔' 앞을 지나게 되
었다. 그녀는 번쩍거리는 간판을 가리키면서 자기가 파리에 도
착한 날 저녁에 이 호텔 이름 때문에 그곳에 투숙하기로 결정
했다는 것이다. 그녀는 거기서 여러 달 동안 숙박하면서, 그녀
의 삼촌이라고 알려진 '절친한 친구' 외의 다른 방문은 일체
받지 않았다는 것이다.

　10월 12일. 막스 에른스트[43]에게 나자 이야기를 한 적이 있
는데, 그에게 나자의 초상화를 그려 달라고 부탁하면 내 청을
들어줄까? 그의 말로는 자기는 좋아할 것 같지 않은 여자이고,
그의 표현을 거의 그대로 옮기자면, 자기가 좋아하는 여자에
게 육체적 고통을 자아내게 할 것 같은 나디안가 나타샨가 하
는 여자를 마담 사코[44]가 길에서 보았다는 것이다. 우리에게는
사람에 '대해' 이러한 거부 반응을 표현하는 것만으로도 충
분해 보인다. 4시 조금 넘어서 바티뇰 거리의 한 카페에서, 다
시 한 번 나는 애원하는 말로 가득 차 있는, 뮈세[45]의 시를 표
절한 것 같은 바보 같은 싯구가 섞인 G의 편지들을 관심 갖고
읽는 척해야 했다. 그러자 나자는 내게 그림 한 장을 보여 주었
다. 요전 날 '라 레장스' 카페에서 그녀가 나를 기다리면서 그

---

43) 막스 에른스트는 초현실주의에 적극 참여한 독일 화가이다.
44) 마담 사코는 당시에 유명했던 점쟁이라고 한다.
45) 알프레드 뮈세(Alfred Musset)는 19세기 프랑스 낭만주의 시인이자 소설가.

그런데 나자에게 이 그림에서 중요한 것은……

린 것이었는데, 그녀가 직접 그린 그림을 보는 건 처음이었다. 그녀가 자기에게 떠오르는 생각대로 그렸다는 말밖에 달리 설명할 말이 없는 사각형 가면은 빼고, 그녀는 이 그림 속의 몇 가지 요소에 대해 나에게 설명해 주려고 했다. 이마 한가운데 있는 까만 점은 그림을 고정시키는 못이다. 점선을 따라가면 먼저 고리를 만나고, 더 위쪽으로 가면 생각을 나타내는 검은 별과 만난다. 그런데 나자에게 이 그림에서 중요한 것은, 그 이유를 물어보지는 않았지만, L이라는 글자들의 필체이다. 팔레르와얄 공원 근처에서 저녁을 먹고 난 후, 그녀의 몽상은 점점 신화적인 성격을 띠었는데, 그건 내가 그녀에게서 미처 감지하지 못한 특징이었다. 그녀는 잠시 아주 야릇한 착각을 느낄 정도로 많은 기교를 부리면서, 멜뤼진[46]이라는 인물의 모습을 꾸몄다. 느닷없이 그녀는 나에게 물었다. "누가 고르곤[47]을 죽였는지 내게 말해 줘요, 말해 봐요." 나는 점점 더 그녀의 혼잣말을 따라가기가 힘들었고, 그녀의 혼잣말은 그 다음에 오는 긴 침묵 때문에 해석하기가 더 어려웠다. 나는 기분전환을 위해 파리를 떠나자고 제안했다. 생라자르 역으로 가서 생제르맹으로 목적지를 정했는데, 기차가 바로 우리 눈앞에서 출발하고 있는 것이다. 우리는 거의 한 시간가량을 역 로비에서 서

---

46) 멜뤼진은 중세 프랑스의 뤼지냥 가문의 성에 얽힌 전설 속 인물. 멜뤼진은 알바니아 왕과 물의 요정 운디네의 딸인데, 토요일이 되면 하반신은 뱀이 된다. 어느 날 남편이 약속을 깨트리고 그 모습을 보았기 때문에 멜뤼진은 용이 되어 사라졌지만, 저녁이면 아이에게 젖을 먹이기 위해 내려왔다.

47) 그리스 신화에서 머리카락이 뱀으로 이루어진 괴물 스테노, 에우리알레, 메두사라는 세 자매를 '고르곤'이라 하는데, 이들 중 유일하게 불사(不死)의 능력이 없는 메두사는 페르세우스에사게 죽임을 당한다.

성거려야 할 처지가 되었다. 그러자 곧 지난번처럼 술 취한 사람이 우리 주변에서 어슬렁거리기 시작했다. 그는 길을 잃었다고 투덜거리면서, 자기를 큰 길까지 데려다 달라고 했다. 결국 나자가 다가가서 도와주었다. 그녀가 내게 확인시킨 것처럼, 모든 사람들이, 바쁘게 지나가는 사람들조차, 우리 쪽으로 눈길을 돌렸는데, 그들이 쳐다본 것은 그녀가 아니라 분명히 우리였다. "저 사람들은 믿을 수 없을 거예요. 정말이에요. 저 사람들에게는 우리가 함께 있는 건 생각할 수 없는 일이거든요. 당신의 눈이나 내 눈에서 타오르는 이런 불꽃은 흔한 게 아니지요." 우리만 있는 기차 칸에서, 그녀의 모든 신뢰, 모든 관심, 모든 희망은 나를 향해 집중되었다. "우리 베지네에서 내릴까?" 그녀는 그곳에 가서 숲길을 좀 걸었으면 좋겠다고 제안했다. 싫다고 할 이유가 없었다. 그런데 내가 그녀를 껴안으려고 하는 순간 그녀는 갑자기 소리를 질렀다. "저기(기차의 문 쪽에 있는 유리창의 위쪽을 가리키면서), 누가 있어. 방금 어떤 사람의 얼굴이 거꾸로 있는 게 보였어." 나는 간신히 그녀를 안심시켰다. 5분이 지나서 같은 일이 반복되었다. "저기 사람이 있다고 말했잖아요, 모자 쓴 사람이야. 절대 환각이 아니야. 환각을 볼 때는 내가 알아." 나는 창밖으로 몸을 기울여 보았다. 발판 위에도 옆 칸 계단에도 아무도 없었다. 그런데도 나자는 자기가 잘못 본 게 아니라고 우겼다. 그녀는 집요하게 창문 위쪽을 바라보며 매우 불안해하고 있었다. 나는 별 생각 없이 그냥 다시 한 번 밖으로 몸을 내밀어 보았다. 그때 우리들 위에서 정말로 제모를 쓰고 객차 지붕 위에 배를 깔고 엎드려 있는 한 남자가 머리를 뒤로 젖히고 있는 모습이 아주 뚜렷하게 보였다. 어쩌면 그는 아무 문제 없이 옆 객차의 지붕 위 좌석에 올라갈 수 있는 철도 직원이었을 것이다. 다음 역에서, 나자가 문에 붙어 서 있고 나는 창문 너머로 승객들이 내리는 것을 바라보고 있을 때, 혼자 있는 한 남자가 역을 떠나기 전에 나자에게 키스를 보냈다. 두 번째 사람도, 세 번째 사람도 마찬가지로 행동했다. 나자는 이런 류의 찬사를 고마워하는 마음으로 즐겁게 받아들였다. 그들이 그녀에게 무례하게 구는 일은 절대 없을 것이고 그녀도 그 정도의 관심을 매우 즐기는 듯 보였다. 베지네에 내렸을 때는 불이 완전히 꺼져 있었고, 열 수 있는 문이 하나도 없었다. 숲 속을 헤매는 일은 더 이상 매력적이지 않았다. 새벽 1시경에 생제르맹 역에 우리를 내려줄 다음 기차를 기다리는 수밖에 없었다. 성 앞을 지나면서, 나자는 자기가 마담 드 슈브뢰즈[48]인 것처럼 굴었다. 그녀가 자기 모자에 달린 작지만 무게 있게 느껴지는 깃털을 갖고 그것으로 얼굴을 감추는 모습은 얼마나 우아했는지!

· · · · · · ·

이렇게 정신없는 추구가 여기서 끝날 수 있을까? 무엇을 추구하고 있는지 알 수 없지만, 어쨌든 정신적으로 그 어느 것도, 소듐처럼 잘 쓰이지 않는 광물을 절단할 때 생기는 반짝이는 빛도, 어느 채석장에서 나오는 야광 빛도, 우물에서 올라오는 찬란한 광택이 도는 빛도, 시각을 알리는 소리가 스러지도록 불에 던져 넣은 괘종시계의 나무가 타는 타닥거리는 소리

---

48) 마담 드 슈브뢰즈 공작부인은 루이 13세에서 루이 14세의 모후 섭정 시기에 리슐리외, 마자랭의 정부에 맞서 끊임없이 음모를 꾸민 여걸이었는데, 프롱드의 난 이후 마자랭과 화해하고 1652년에 정치 무대에서 은퇴했다.

도, 「키티라 섬으로의 출항」,[49]의 다양한 모습의 연인들이 실은 단 한 쌍의 남녀를 묘사한 것이라는 설명을 들었을 때 그림이 주는 매력이 증폭했던 기억도, 저수지 풍경의 장엄함도, 무너져 가는 어느 건물들의 벽면에 핀 작은 꽃들과 굴뚝의 그림자들이 자아내는 매력도, 이 모든 것 중의 그 어느 것도, 나 자신의 빛을 구성해 주는 것 중의 그 어느 것도 잊혀지지 않았다. 현실 앞에서, 교활한 한 마리 개처럼 지금 나자의 발치에 누워 있다고 의식되는 현실 앞에서, 우리는 어떤 존재였을까? 개별적이고 특별한 주의를 기울여서거나, 궁극적인 방법으로 상상해 볼 수 있는 주제인 '유추의 악마'[50]에 사로잡혀서, 상징들에 대한 열정에 빠져 있는 우리는, 과연 어떤 자유의 위도 아래서 존재할 수 있었던 것일까? 무슨 까닭에 불가사의한 마비 상태에 우리가 빠져 들었던 짧은 순간들 속에서, 지상에서 아주 멀리 떨어진 지점에 결정적으로 함께 내던져진 것과 같은 우리가, 오래된 관념과 영원한 삶의 모호한 잔해들을 넘어서 경이적이라 할 만큼 일치되는 몇 가지 의견들을 나눌 수 있었던 것일까? 나는 나자를 만난 첫날부터 마지막 날까지, 어떤 주술적인 힘에 일시적으로 붙들려 있었을 수는 있지만 내 영혼

---

49) 「키티라 섬으로의 출항」은 프랑스 로코코 시대 화가 장 앙투안 와토의 그림으로 현재 루브르 박물관 소장품이다. 이 그림은 '사랑의 섬으로의 순례'라는 별칭으로도 불리는데, 그것은 '아프로디테의 섬' 키티라에 있는 다양한 연인들의 모습을 그렸기 때문이다. 로댕은 이 그림에 등장하는 여덟 쌍의 모습이 모두 왼쪽에서 오른쪽으로 점점 사랑이 깊어지고 있는 한 쌍의 남녀를 표현한 것이라고 분석했다.

50) 스테판 말라르메(Stéphane Mallarmé)의 산문시 「유추의 악마(Le Démon de l'analogie)(1864)에서 인용한 표현이다.

장 앙투안 와토, 「키티라 섬으로의 출항」

만은 어느 것에도 예속될 수는 없는 바람의 정령들처럼 자유
로웠다. 그녀가 말(語)의 힘에 사로잡혀 나를 신으로 생각하
고, 태양이라고 믿을 수 있게 되었다는 것을, 나는 안다. 그
어느 것도 이 순간보다 더 아름다울 수 없고 또 동시에 더
슬플 수도 없는 일이지만, 그녀에게 나는 스핑크스의 발밑에
서 급사한 사람처럼 어둡고 차가운 모습이었다는 것을 기억
한다. 나는 아침에 그녀의 고사리 모양의 눈이, 거대한 희망
의 날개가 퍼덕이는 소리와 공포를 자아내는 또 다른 소리들
이 거의 구별되지 않는 미지의 세계를 향해 열리는 것을 보
았고, 그때 비로소 내가 그런 세계에는 눈을 감고만 있었다
는 것을 알았다. 나자의 입장에서 거기에 가 닿는 것이 아직
은 매우 요원하고 무모한 바람이라고 할 수 있는 이 지점에
서 출발한다는 것은 아무리 잘못된 보상이 돌아오더라도 어
쩔 수 없이 치러야 할 인생의 보상이기에 모든 것을 희생시
키면서 자발적 의지로 마지막 뗏목에서 아주 멀어진 순간에
간절히 바랄 수 있는 모든 희망을 버리는 것과 같은 힘든 결
단이라는 것을 나는 안다. 저 오른쪽 탑 안, 성의 맨 꼭대기
에는, 어쩌면 우리가 관람할 수 없게 되어 있지만 우연히 잘
못 들어설 수 있는 그런 방이, 물론 이런 시도를 할 필요는 전
혀 없지만, 예를 들어 우리가 생제르맹* 성에서 알아야 할 가
장 중요한 방이 있다고 나자는 말한다. 나는, 금지된 시간에 희
미한 전등으로 한 여인의 초상화를 비추면서 편안하게 감상
할 수 있도록 미술관에 밤새도록 틀어박혀 지내고 싶어 하는

---

* 12세기 초에 루이 6세가 레이 숲 속에 왕궁을 세웠는데, 이 성이 현재 있
는 성과 생제르맹 시의 시초가 되었다.

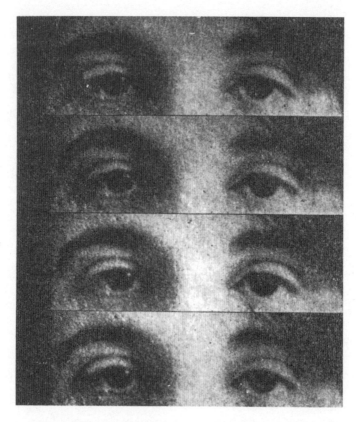

나는 아침에 그녀의 고사리 모양의 눈이……

사람들을 아주 좋아한다. 그러고 나면 초상화 속의 여인에 대해 그 누구보다도 더 많은 것을 알게 될 수밖에 없으리라. 인생은 암호문처럼 해독될 필요가 있는 것인지도 모른다. 비밀의 계단들, 칼을 든 천사장 가브리엘에게 자리를 내주거나 늘 앞장서서 가야만 하는 그림들에게 자리를 내주기 위해 순식간에 미끄러져 내려와 사라지는 그림 액자들, 하나의 방 전체를 길이와 높이까지 이동시켜서 가장 신속하게 무대를 전환시킬 수 있도록 아주 은밀한 방법으로 누를 수 있는 단추. 이런 것들은 함정이 많은 천국 여행처럼 가장 위대한 정신의 모험이 어떤 것인지를 이해할 수 있게 해 준다. 진정한 나자는 누구인가? 사람들은 무언가를 발견하기에는 밝은 낮이 좋은 시간이라고들 하는데, 알 수 없는 어떤 암석의 잔해들을 밤새도록 찾아다니는—그것이 그 사람의 열정이라면!—어떤 고고학자와 함께 퐁텐블로 숲을 헤매고 다녔다고 단언하는 사람이 진정한 나자일까? 아니면 내가 이야기하고 싶은 대로, 언제나 길에서, 그녀의 입장에서 유일하게 가치 있는 경험의 장소인 길에서 지내는 것만을 좋아하고, 언제나 영감을 주고 받을 수 있으면 위대한 몽상에 깊숙이 뛰어든 모든 인간의 질문을 이해할 수 있는 사람이 나자일까? (왜 이런 점을 인정하려 들지 않는 것일까?) 아니면 누구나 그녀에게는 말을 건넬 권리가 있다고 생각할 정도로 세상 여자들 중에서 가장 가련하고 자기 방어 능력이 없기에 그녀를 만만하게 본 사람들 때문에 때때로 허물어지고 마는 사람이 나자일까? 그녀가 지난날 겪은 어떤 사건들에 대해서 내게 해 준 아주 상세한 이야기를 듣고 나는 견딜 수 없이 격렬한 반응을 보였다. 내가 아주 피상적으

예를 들어 우리가 생제르멩 성에서 알아야 할 가장 중요한 방이 있다고 나자는 말한다.

로만 전해 듣고 드는 생각일지도 모르지만, 그녀가 그런 일을 겪었다면 인간의 존엄성을 온전히 회복할 수 없으리라는 판단을 하게 되었다. 그 이야기는 어느 날 그녀가 짐메르라는 술집의 로비에서 어떤 남자로부터, 단지 그가 비열하기 때문에 몸을 허락하지 않았다는 이유로 얼굴 정면을 주먹으로 피가 나도록 얻어맞았는데, 그렇게 맞으면서도 장난기가 발동하여 재미를 느꼈으며, 그녀가 여러 번 도와달라고 소리쳤는데도 그 남자의 옷이 그녀가 흘린 피로 물들게 되어서야 비로소 그가 여유 있게 사라져 버렸다는 내용이다. 10월 13일 오후가 막 시작될 무렵 그녀가 뜬금없이 이런 이야기를 했을 때, 그 순간나의 마음은 그녀에게서 영원히 멀어지는 것 같은 느낌이 들었다. 이런 끔찍한 사건을 그녀가 빈정거리는 투로 이야기함으로써 내가 느끼게 된, 절대로 회복 불가능한 감정이 무엇이었는지는 모르겠지만, 나는 그 이야기를 들은 후에 더 이상 눈물을 흘릴 수 없다고 생각될 만큼 오랫동안 울었다. 나자를 더이상 만날 수 없기 때문이 아니라, 더 이상 그녀를 만나지 말아야 한다는 생각 때문에 울었다. 사실 그녀가 지금 내 마음을 아프게 한 그 사건을 감추지 않고 이야기해 준 것에 대해서 나는 그녀를 조금이라도 원망하기는커녕 오히려 고맙다는 생각이 들었지만, 가까운 미래에 그녀에게 이러한 나날들이 계속 이어질 수 있다는 현실을 감히 생각할 용기가 나지 않았다. 내가 내린 결정을 취소하려고 들기는커녕 오히려 눈물을 흘리면서 나에게 그런 결정을 반드시 지켜야 한다고 격려하는 적극성을 보여 준 그녀의 모습은 참으로 감동적이기까지 했다. 그녀는 파리에서 내게 작별인사를 하면서도 이별은 참으로 힘든 일이라고 아주 낮은 목소리로 덧붙여 말할 수밖에 없었지만, 그녀의 입장에서 그것이 참으로 힘든 일이 되지 않도록 취할 수 있는 행동은 하나도 없었다. 결국 그런 결과에 이른 것은 전적으로 나의 책임이었다.

꽤 여러 번 나자를 다시 만나면서, 그녀를 나에게 좀 더 분명히 이해하게 되었고, 그녀의 표현이 활달하고 독창적이고 깊이가 있다는 걸 느꼈다. 그녀에게서 인간적인 면모가 가장 분명하게 드러난 그날의 돌이킬 수 없는 불행한 사건, 내가 분명한 개념을 갖게 된 그날의 불행한 사건 때문에, 점점 더 그녀에게서 멀어지게 된 느낌을 갖게 되었는지도 모른다. 가장 순수한 직관에만 의존해서 끊임없이 기적 같은 일을 행하면서 살아온 그녀의 삶의 방식에 계속 경탄하면서도, 내가 그녀와 헤어지게 되면 그녀가 어떤 양보를 하더라도 먹고 자는 문제를 스스로 해결해야 하는 일에 매달리고, 자기도 모르는 사이에 계속 진행되는 이러한 삶의 소용돌이에 휘말리게 되리라는 걸 예감하면서 나의 불안감은 더욱더 깊어졌다. 나는 한동안 나자에게 먹고 살 방법을 제공해 주려고 애를 썼는데, 그 이유는 그녀의 입장에서도 그런 걸 기대할 사람이 나밖에 없었기 때문이다. 그러나 그녀가 내 말에 조금도 주의를 기울이지 않고, 나와 상관없는 것들을 이야기하거나 말없이 있을 때라도 내가 얼마나 지루해하는지는 전혀 신경 쓰지 않으면서 내게 의지해서만 사는 것 같아 보였기 때문에, 그녀가 겪는 그런 종류의 어려운 문제들을 정상적으로 해결할 수 있도록 도와주기 위해 내가 어떤 영향을 줄 수 있을지는 참으로 확신을 갖기 어려웠다. 필경 우리 두 사람에게만 관련되는 것처럼 보이는 사건들, 또 나자와 내가 동시에 목격했거나 아니면 우리 둘 중 한 사람만이 목격했던 사건들, 그 모든 문제*의 성격을 전부 논리적으로 설명해 보겠다는 사람들이 터무니없이 주장했던 것처럼, 요컨대 모든 사건의 특성을 설명해 줄 수 있는 어떤 목적론에 기대고 싶은 생각을 갖게 만드는 비정상적인 사건들의 예를 이 자리에서 늘어놓아 보았자 소용없는 일이다. 세월이 흐름에 따라 떠오르는 몇몇 문장들, 나자가 내 앞에서 했던 말이나 내가 보는 데서 단번에 쓴 문장들, 그녀의 어조를 가장 잘 드러내 주고, 지금도 내 마음속에 울림이 크게 남아 있는 문장들을 이제는 더 이상 기억하고 싶지 않다.

"내 숨결이 끝나는 것과 함께 시작하는 당신의 숨결."

"당신이 어떻게 생각할지 모르지만, 당신한테 난 아무것도 아니거나, 하나의 흔적일 뿐이겠지요."

"사자 발톱이 포도나무의 가슴을 조른다."

"검정색보다는 장밋빛이 더 좋긴 하지만, 어쨌거나 검정색과 장밋빛은 서로 잘 어울리는 색이다."

"불가사의한 일이 눈앞에 있을 때, 무정한 사람아, 나를 이해해 줘요."

"당신은 나의 주인이야. 나는 당신의 입술 끝에 붙어서 숨 쉬거나 죽어 가는 미미한 존재일 뿐이지. 나는 눈물에 젖은 손가락으로 평온한 얼굴을 만져 보고 싶은데."

"왜 조개탄이 가득 찬 어두운 구덩이 속에서 저울이 흔들리고 있었던 것일까?"

---

* 이 분야에서 모든 목적론적인 정당화에 대한 생각은, 미리부터 제외되어 있다고 보는 것이 타당한 견해이다.

"자기 구두의 무게로 생각을 무겁게 하지 말아야 한다."

"나는 모든 것을 알고 있었기에, 내가 흘린 눈물의 물결 속에 무엇이 있는지를 알아보려고 애를 쓴 것이다."

나자는 나에게 「연인의 꽃」이라는 멋있는 꽃 한 송이를 그려 주었다. 들판에서 점심을 먹고 있을 때 그녀가 문득 떠오른 꽃의 이미지를 그대로 옮기려고 애쓰는 모습을 나는 아주 어색한 표정을 지으며 바라보았다. 그녀는 계속해서 좀 더 좋은 그림이 되도록 고치고, 꽃의 두 시선에 각기 다른 표현을 부여하기 위해 그림을 여러 번 손보았다. 우리가 함께 보낸 시간이 대부분 그림의 기호 속에 담겨 있었고, 다른 모든 사람들에 대한 열쇠를 나자에게 제공해 준 그래프로 표시된 상징은 그대로 남아 있었다. 여러 번 그녀는 내 얼굴을 그려 보려고 했는데, 그것은 위에서 부는 바람 때문에 빨려 들어간 것처럼, 높게 타오르는 불길과 아주 흡사한 형태로 곤두선 머리카락을 한 모양이었다. 그 불길은 또한 내 머리 양쪽에 육중한 두 날개를 늘어뜨리고 있는 독수리의 배와 같은 모양이 되었다. 최근에 그린 그림들 중에서, 아마도 가장 잘된 그림이었는데, 내가 부적절한 지적을 하자, 그녀는 안타깝게도 가장 독창적이라고 할 수 있는 그 그림의 하단 전체를 잘라내 버렸다. 1926년 11월 18일에 그린 그림에는 그녀와 나를 상징하는 초상화가 포함되어 있는데, 그녀는 세이렌의 형상을 하고 등을 보이는 자세로 손에는 두루마리 종이를 쥐고 있었고, 번뜩이는 눈의 괴물은 생각을 나타내는 깃털로 덮힌 채 독수리 머리의 단지 같은 것에서 불쑥 튀어나와 있었다. 추의 무게 때문에 자신

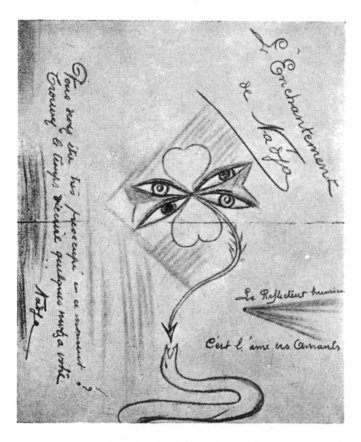

나자는 나에게 「연인의 꽃」이라는 멋있는 꽃 한 송이를 그려 주었다.

1926년 11월 18일에 그린 그림에는 그녀와 나를 상징하는 초상화가……

이 땅에 붙박혀 있는지도 모르고, 또 뒤집어진 램프의 터무니 없이 굵은 심지이기도 한 줄에 자신이 매달려 있는지도 모르면서, 일어나 도망가려는 동물을 그린 「고양이의 꿈」은, 나에게 더욱 난해한 그림으로 남아 있다. 이것은 떠오른 환영에 의존해 그린 것을 급하게 오려 낸 그림이다. 또 하나의 오려 낸 그림은, 이번에는 두 조각으로 잘라 내서 머리를 끄떡이도록 조절할 수 있게 만든, 여자 얼굴과 손 하나가 결합된 형태이다. 「악마의 인사」는 「고양이의 꿈」과 마찬가지로 떠오른 환영을 그대로 나타낸 그림이다. 투구 모양의 그림과, 복사하기 어려운 "모호한 인물"이라는 제목이 붙은 다른 그림은, 또 다른 영감으로 만들어진 작품이다. 이 그림들은 옷감의 꽃가지 무늬, 나무의 옹이구멍, 오래된 성벽의 갈라진 틈 속에서 쉽게 볼 수 있는 실루엣들을 찾아보는 취미가 있는 이들에게 안성맞춤이다. 투구 그림에서는 악마의 얼굴, 새 한 마리가 와서 입술을 부리로 쪼고 있는 여자의 얼굴, 뒷모습을 보이고 있는 인어의 머리와 상반신과 꼬리, 코끼리 머리, 물개, 또 다른 여자의 얼굴, 뱀, 여러 마리의 다른 뱀들, 하트, 황소나 물소의 머리 같은 것, 선악과의 가지들, 약간 모호한 형체들이긴 하지만 진짜 아킬레스의 방패처럼 만들기 위해 스무 가지쯤의 여러 모양들을 집어넣은 걸 쉽게 알아볼 수 있다. 오른쪽 위 가장자리쯤에서, 정작 나자 자신은 알아보지 못했던 동물의 뿔 두 개를 주의 깊게 살펴볼 필요가 있는데, 그녀가 알아보지 못했던 이유는, 그 두 개의 뿔이 늘 그런 식으로 보였기 때문이다. 붙어 있는 두 개의 뿔은 마치 인어의 얼굴을 철저하게 숨기고 있는 것 같았다. (이는 우편엽서 뒷면에 있는 그림에 특히 잘 드러나 있

일어서서 도망가려는 동물을 그린 「고양이의 꿈」은……

또 하나의 오려낸 그림은…… 여자 얼굴과 손 하나가 결합된 형태이다.

「악마의 인사」

「밀의 영혼」

아킬레스의 진짜 방패 모양을 만들기 위해……

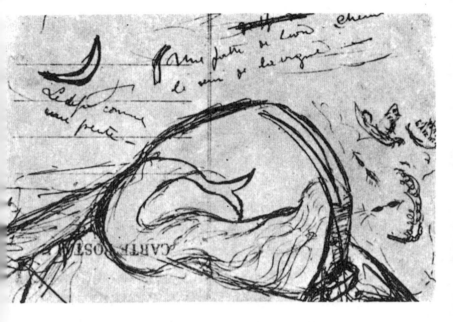

우편엽서 뒷면에 있는 그림에 특히 잘 드러나 있다.

다.) 며칠 후 나자는 실제로 우리 집에 와서 서부 아프리카 기니에서 온 커다란 가면에 달린 뿔을 보고 나서야 자기 그림에서 그것과 같은 모양으로 된 뿔을 알아볼 수 있었다. 그 가면은 예전에 앙리 마티스[51]가 소장하던 것으로서 내가 늘 아끼면서도 가면의 제일 위쪽에 있는 철도 신호등을 연상시키는 거대한 장식 때문에 꺼리기도 했던 소장품이지만, 그녀는 그 가면을 단순히 서재의 장식품으로만 여겼었다. 그런 상황에서 그녀는 브라크의 그림(「기타 연주자」)을 보더니 내게 늘 수수께끼였던, 인물과 상관없는 못과 끈을 알아보았고, 키리코의 삼각형 그림(「불안한 여행 또는 운명의 수수께끼」)에서는 그 유명한 불의 손을 알아보았다. 그녀는 붉은 딱총나무와 갈대의 고갱이로 만들어진, 누벨브르타뉴의 원뿔 모양 가면을 보고는 "이봐, 쉬멘!"이라고 외쳤고, 앉아 있는 추장을 묘사한 작은 조각상에서는 다른 것들보다 더 위협적인 느낌을 받았으며, 막스 에른스트의 그림(「남자들은 그것에 관해 전혀 모를 것이다」)이 담고 있는 특별히 난해한 의미에 대해서는 오랫동안 길게 설명해 보려고 했다. 그녀의 설명은 그림 뒷면에 적혀 있는 상세한 설명과 완전히 일치했다.[52] 그녀는 또 내가 처분해 버렸던 어떤 물신에 대해서는 욕하는 신이라고 생각했고, 파크 섬에서 가져온 것

---

51) 앙리 마티스는 20세기 프랑스 야수파를 대표하는 화가이다.

52) 에른스트는 그림 뒤에 "이 그림은 좌우 대칭에 묘한 의미가 있다."라고 적어 놓았다. 프로이트는 여자가 되고 싶어 하는 남자의 욕망을 '거세콤플렉스'로 분석했고 거세콤플렉스는 신경증 발병에 큰 영향을 끼친다고 설명했는데, 에른스트는 이런 프로이트의 정신분석학에 영향을 많이 받았다. 이 그림에서 좌우 대칭을 이루는 두 쌍의 다리는 이처럼 각기 다른 성의 성기를 갖고 싶어 하는 욕망을 표현한 것이다.

조르주 브라크, 「기타 연주자」

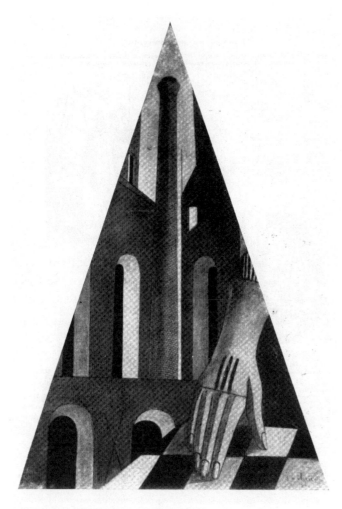

조르조 데 키리코, 「불안한 여행 또는 숙명의 수수께끼」

누벨브르타뉴의 원뿔 모양 가면을 보고……

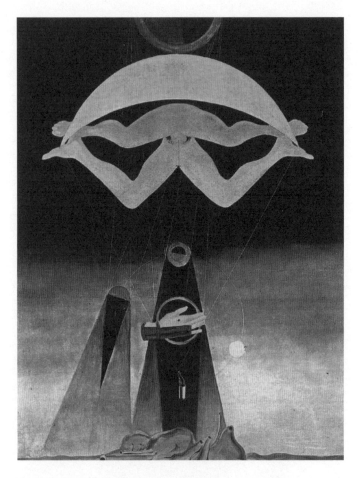

막스 에른스트, 「남자들은 그것에 관해 전혀 모를 것이다」

으로서 내가 소장하고 있던 것 중 가장 원시적인 물신은 그녀에게 "사랑해, 사랑해"라고 말하는 것 같다고 했다. 나자는 또 신화 속 인물들 중에서는 자신과 가장 비슷한 존재라고 느끼는 멜뤼진의 모습으로 자기를 여러 차례 표현한 적이 있다. 심지어 그녀가 미용사한테 값이 얼마가 들더라도 정수리가 별 모양이 되도록 머리를 다섯 타래로 나눠 달라고 하면서, 멜뤼진의 모습을 가능한 한 현실 속에 그대로 옮겨 놓고 싶어 했다. 다섯 타래로 나뉜 그녀의 머리는 또 양쪽 귀 앞으로 나오게 하기 위해서 숫양의 뿔처럼 둥글게 만 모양이 되었고, 그렇게 둥글게 말린 뿔은 그녀가 가장 빈번하게 자기와의 관련성을 말한 소재들 가운데 하나이기도 했다. 그녀는 또 자신이 '마즈다'[53](나자) 전구 형태의 한 마리 나비가 되고 그 옆에서 마법에 걸린 뱀 한 마리가 몸을 곧추세우고 자신을 바라보는 모습을 즐겨 상상했다. (그 후로 파리의 큰 거리에서 '마즈다' 광고판의 조명이 깜빡이는 것을 보면 마음이 심란해지곤 했는데, 바로 예전에 '보드빌' 극장이었던 건물 정면을 거의 온통 차지하고 있는 이 밝은 광고판에는, 정확히 말해서 움직이는 두 숫양이 무지갯빛 조명 안에서 대결하는 자세를 취하고 있었다.) 그런데 우리가 마지막으로 만났을 때 나자가 나에게 보여 준 그림들은, 그 당시에는 미완성 상태였다가 나중에 그녀를 휩쓸고 간 폭풍이 불어왔을 때 없어진 게 분명하지만, 완전히 다른 차원의 솜씨를 보여 주었다. (우리가 만나기 전까지 그녀는 그림을 그린 적이 단 한 번도 없

---

53) 마즈다는 조로아스터교의 주신(아후라마즈다)으로 '현자', '지혜'를 의미한다. 세계의 창조자 신이며, 질서의 아버지인 아후라마즈다는 태양과 별의 길을 만들었다고도 한다.

가장 원시적인 물신은……

그 후로 파리의 큰 거리에서 '마즈다' 광고등이 깜빡이는 것을 보면 마음이……

었다.) 거기에는 테이블 위, 펼쳐 놓은 책 앞쪽으로 뱀 모양의 연기를 은밀히 피어오르게 하면서 재떨이 위에 놓인 담배 한 개피, 미모의 여인이 지구의를 절단해 쥐고 있는 모양의 꽃병, 여러 송이의 백합꽃을 담아 놓을 수 있도록 잘라 놓은 지구전도, 이 모든 것이, 어떤 맹수의 발톱으로도 잡을 수 없는 안전한 자리에 보존되어 "모든 것 중에서 제일 좋은 것"이라고 그녀가 말한 바 있고 "인간을 반사하는 거울"이라고 부르기도 한 것을 내려놓고 볼 수 있게끔 배열된 그림도 있었다.

• • • • • • •

나는 상당히 오래전부터 나자와의 관계가 좋지 않았다. 사실대로 말하자면 여태껏 단 한 번도, 적어도 일상에서 일어나는 사소한 일들을 생각하는 방식에 있어서 우리의 의견이 일치했던 적은 없었던 것 같다. 그녀는 이런 문제들은 전혀 고려하지 않고, 약속 시간에 무관심해지고, 그녀가 말하는 쓸데없는 이야기와 내게는 아주 중요한 의미를 갖는 이야기를 전혀 구별할 줄도 모르고, 나의 일시적인 기분의 변화에는 신경도 안 쓰고, 자기가 저지른 아주 나쁜 잘못은 묵인하면서 내가 얼마나 어려움을 겪는지 따위는 무시하기로 단단히 작정이라도 한 듯한 태도였다. 그녀는 살아오면서 겪었던 아주 비참한 우여곡절들을 나에게 미주알고주알 모두 털어놓는 것에 대해서도, 이곳저곳에서 보내 오는 무례한 추파에 정신을 파는 것에도, 그녀가 관심을 돌릴 때까지 눈살을 찌푸리면서 내가 지루하게 기다려야만 하는 것에도, 앞서 말한것처럼 미안해하는 기색 하나 없었는데, 그 이유는 물론 그녀가 정상이 아니었기 때문이다. 다음날 그녀가 절망에 빠져 있지 않고 본인이 자기의 진짜 모습이라고 생각하는 상태로 돌아왔을 때, 내가 엄격하게 대한 일을 후회하고 그녀에게 용서를 구하게 되더라도, 그녀에게 자신의 진가를 일깨우는 것이 소용없음을 알고 절망하거나 더 이상 참을 수 없게 되어, 나는 얼마나 여러 번 그녀로부터 달아나려고 했던가? 이런 괴로운 점들에 덧붙여서 어쨌든 그녀가 갈수록 나를 배려하지 않았고, 그로 인해 격렬한 말다툼을 하지 않고 조용히 넘어간 적이 없었으며, 게다가 그녀가 있지도 않은 하찮은 이유들을 끌어들여 우리의 말다툼을 더욱더 심각한 지경으로 몰아갔음을 고백하지 않을 수 없다. 누군가로부터 그 사람이 주는 것 이상을 기대하는 욕심을 부리진 않더라도 그의 삶에 기대어 살아갈 수 있게 하는 것, 그 사람이 움직이거나 가만히 있거나, 말하거나 침묵하거나, 깨어 있거나 잠자거나, 그런 모습을 보는 것만으로 여유 있고 충만한 삶이 되게 하는 것, 그런 것이 현재의 나에게는 있지도 않았고, 과거에도 절대로 없었다는 것은 너무나 분명한 사실이다. 외양적으로 감정의 기복이 너무 심한 나자의 정신세계를 고려하면, 이런 내 사정이 달라질 수 없었다. 그러나 이러한 판단은 사후적인 것이므로 내 사정이 어쩔 수 없었다는 것은 오해의 위험을 무릅쓰고 하는 말이다. 내가 어떤 욕망을 가졌거나 어떤 환상을 품었다고 할지라도, 나는 어쩌면 그녀가 제시한 높이에 이를 만한 사람이 못 되었을 것이다. 그런데 그녀가 나에게 제시한 모습은 어떤 것이었을까? 그것이 무엇이건 상관없다. 사랑이란 온갖 시련을 겪으면서만이 존재할 수 있는 것이라고 생각하며, 그런 의미의 사랑만이 ── 그러니까 불가사의하고, 있음직 하지 않고, 유일한 것이고, 당황스러운 것이고, 의심할 여지가 없는 사랑만이 ── 이 세상에서 기적을 이룰 수 있는 것이다.

몇 달 전에, 누군가 나를 찾아와서 나자가 미쳤다고 말했다. 그녀는 상식적으로 생각할 수 없는 이상한 행동들을 한 끝에, 투숙하고 있던 호텔 복도에서 붙들려 보클뤼스 정신병원에 수용되었던 것 같다. 나를 제외한 다른 사람들은 하나같이, 이전에 있었던 모든 일들의 필연적인 결과로 보일 것이 분명한 그 사건에 대해 쓸데없이 떠들어 델 것이다. 최고의 전문가라는 사람들은 내가 나자에 대해 한 이야기 속에서 정신착란과 연결 지을 수 있는 요소를 서둘러 찾아보고는, 아마도 내가 그녀의 삶에 끼친 영향, 그러니까 그런 신경증적인 생각들을 실제적으로 발전시키는 데 유리하게 작용한 나의 영향을, 아주 결정적인 원인이라고 단정 지을 것이다. "아! 그렇다면…….""잘 아시겠지요.""나도 그렇게 생각하고 있었어요.""그런 상황에서는……." 이런 식으로 말하는 모든 속물적인 바보들에 대해 말하자면, 나는 물론 그들이 마음대로 지껄이도록 내버려 두고 싶다. 중요한 사실은, 나자가 정신병원 안에 있든 밖에 있든 나는 그것이 그녀에게는 큰 차이가 있지 않으리라고 생각한다는 점이다. 그렇지만 슬프게도, 열쇠를 자물쇠에 넣고 돌리는 신경 거슬리는 소리, 정원의 끔찍한 광경, 무식한 얼굴과 완고한 태도로 일관된("남들이 당신을 해치려고 하지요, 그렇지요?""안 그런데요, 선생님.""이 환자는 거짓말을 하고 있군, 지난 주만 해도 누가 자기를 해치려 한다거나 아니면 '당신의 목소리가 들린다고요, 좋아요. 그러면, 내 목소리와 같은 목소리인가요?'라고 말하더니." "아닌데요, 선생님." "아, 그래. 이 환자는 환청을 듣는 군." 등 등) 생탄 병원의 클로드 박사처럼, 당신이 구두에 왁스칠을 하기 위해서 누군가의 질문을 받고 싶어 하지 않을 때 불쑥 질문하는 사람들의 태연한 얼굴, 유니폼이란 것이 다 그렇듯이 비열해 보이는 가운, 심지어는 정신병원도 하나의 사회이므로 거기서도 누구나 어느 정도는 적응해야 하니까 그러한 사회에 적응하기 위해 들여야 하는 노력, 이러한 모든 것들 때문에 병원 밖과 병원 안은 분명히 큰 차이가 있다. 소년원에서 강도를 양성하는 이치와 마찬가지로 정신병원에서도 정신병자를 만든다는 것을 모르고서는 결코 정신병원에 대해 깊이 안다고 해서는 안 된다. 예의범절이나 상식에 어긋나는 행동을 처음으로 보인 과오나 사소한 과실 때문에, 어떤 사람을 가까이 지내면 해로운 사람들 사이에 몰아넣고는, 도덕이나 현실 감각이 그보다 훨씬 더 안정된 모든 사람들과의 관계를 그에게서 철저하게 박탈해 버리는, 소위 사회 보존 기구라고 하는 이런 기관들보다 더 가증스러운 것이 또 있을까? 최근에 열린 국제정신의학회에 참가한 각국의 모든 대표들이 첫 회의가 열리자마자, 오늘날 정신병원에서 퇴원하는 일이 옛날 수도원을 나오는 일보다 더 쉬워서는 안 된다고 생각하고, 병원에서 전혀 변화가 없었거나 더 이상 진전이 없을 것 같은 사람들은 평생 억류시키기를 바라고, 사람들이 생각하는 소위 공공의 안전이 보편적으로 문제되지 않기를 바라는, 오랫동안 변함없는 대중들의 편견을 개선하자는 데 합의를 보았다는 것을 신문에서 읽게 되었다. 그러자 정신과 전문의들이 제각기 소리쳐 발언하더니, 자신이 실제로 경험한 한두 가지 경우를 보편적 현상인 양

생탄 병원의 클로드 박사처럼……

(Photo: Henri Manuel)

양 확대하여 강조했고, 그중에서 특히 증세가 심각한 몇몇 환자들에게 잘못되었거나 시기상조의 결정으로 자유를 돌려줌으로써 초래된 대형 사고의 예를 대대적으로 제시했다는 사실도 알게 되었다. 그런 종류의 사고에는 언제나 의사들의 책임이 다소간 얽혀 있기 때문에, 그들은 조금이라도 안심이 안 될 때는 가만히 있는 게 상책이라는 것을 암시적으로 비치기도 했다. 그렇지만 내가 보기에 그런 식의 반론을 제기하는 건 잘못이다. 정신병원의 환경은 거기에 수용되어 있는 환자들을 정신적으로 극도로 쇠약하게 만들고, 지극히 해로운 영향을 끼칠 수밖에 없는 환경이다. 이는 신경쇠약 증세를 보이는 환자들이 거기서 어떻게 되었나를 보면 알 수 있다. 이런 환경에서 어떤 주장을 하고 어떤 항의를 하고 어떤 참을 수 없는 행동을 하면, 그것은 당신한테 비사회적이라는 꼬리표만 붙게 만들 뿐이고(왜냐하면 대단히 역설적이지만, 그들도 당신이 사회 생활을 원만하게 할 수 있는 존재이기를 바라기 때문이다.) 당신에게 불리한 새로운 증상을 만들어 내는 자료로만 쓰일 뿐이기 때문에 사태는 한층 더 복잡해지게 되어, 당신의 상태를 현상 유지시키기는커녕 오히려 급격히 악화시키고 만다. 바로 이런 이유로 정신병원에 수용된 사람은 아주 빈번히, 단 하나의 병만 악화되는 것이 아니라 아주 비극적일 정도로 여러 가지 다른 병들도 급속히 악화 현상을 겪게 되는 것이다. 정신질환에 있어서 급성에서 만성으로 옮아가는 거의 치명적인 이 진행 과정은 당연히 비난해야 마땅할 문제다. 정신의학이라는 학문이 비정상적이고 성장이 뒤늦은 유아기에 있기 때문에, 이 조건에서 어떤 상태가 치료되었다고 말할 수 있는 사람은 아무도 없다.

게다가 가장 양심적인 정신과 전문의들마저도 내가 보기에 이런 문제에 대해서는 별로 신경조차 쓰지 않는 것 같다. 이제는 더 이상, 우리가 보통 관습적으로 이해하는 의미에서 임의적인 감금이라는 것은 없는데, 그 이유는 상식을 벗어나는 비정상적인 행위가 공공장소에서 자행되면, 그 순간부터 객관적으로 입증되고 불법적인 성격을 갖게 되는 그 행위는 다른 그 어떤 행위보다도 몇 천 배 더 끔찍한 구금의 원인이 되기 때문이다. 그러나 내가 보기에, 모든 종류의 감금은 임의적인 것이다. 인간에게서 자유를 박탈해도 되는 이유가 있는지 나는 아직도 모르겠다. 그들은 사드를 가두었고 니체를 가두었고 보들레르를 가두었다.[54] 밤에 불쑥 찾아와, 당신이 저항할 수 없는 강제력을 동원하거나 별별 수단을 다 써서 구속복을 입히는 방법은, 경찰이 당신의 호주머니에 권총을 슬며시 집어넣고 위협하는 방법이나 다름없다. 만일 내가 미쳐서 며칠 동안 정신병원에 감금된다면, 나는 정신착란이 잠시 진정되는 때를 이용해서 우연히 내 손에 걸리는 놈 한 명을, 특히 의사를 냉정한 마음으로 죽여 버리고 말리라. 이로 인해 나는, 광분한 정신병자들처럼, 최소한 독방을 차지할 수는 있을 것이다. 어쩌면 나를 더 이상 귀찮게 하지 않고 내버려 두지 않을까?

내가 정신의학에 대해, 그 학문의 과장된 의식과 성과에 대해 일반적으로 갖고 있는 경멸감 때문에 나자가 어떻게 되었는지를 알아볼 엄두를 내지 못했다. 나는 그녀의 운명과, 그녀와 같은 부류에 속하는 몇몇 사람들의 운명에 대해서도 역

---

54) 사드는 '사디즘'이라는 용어를 낳은 18세기 작가인데, 자신의 별장에서 창녀들에게 가학 행위를 한 죄로 뱅센 감옥에 몇 주 동안 갇혔었다.

시 내가 왜 비관적인지에 대해 말한 셈이다. 나자가 환자에게 해로울 수 있는 그런 혼잡한 병원 생활이 아니라 부자 환자들을 고려해서 만든 특별한 요양소에서 환자를 우호적으로 돌보는 사람들의 보호 아래 치료를 받는다면, 그래서 그녀의 취향을 최대한 만족시키고 그녀 자신도 상황을 받아들일 만한 현실 감각을 서서히 되찾을 수 있는 상황이 된다면, 그러니까 병원 관계자들이 그녀를 절대로 거칠게 다루지 않고 그녀가 겪고 있는 정신장애의 근원을 향해 스스로 거슬러 올라가게끔 도와주기만 한다면, 그녀가 적당한 시기에 회복되어 나의 이런 비관적인 말이 경솔한 게 될지라도, 그녀가 그렇게 힘든 상태에서 벗어날 수 있으리라 기대했을 것이다. 그러나 나자는 가난했고, 우리가 살고 있는 이 시대에는 그녀가 양식 있고 좋은 품행으로 통하는 바보 같은 규범을 완전히 준수하지는 않겠다는 생각을 품은 그 순간부터, 가난하다는 것은 그녀에게 유죄 선고를 내리기에 충분한 이유가 된다. 게다가 "가끔씩, 혼자라는 사실은 이렇게 끔찍한 거예요. 내게 친구라고는 당신들밖에 없어요."라고 그녀가 내 아내에게 마지막 전화 통화에서 말했듯이, 그녀는 외로운 사람이었다. 결국 그녀는, 누구나 그렇듯이 강하면서도 아주 약했는데, 이것은 언제나 그녀다운 생각의 측면에서 그런 것이었지만, 나는 그녀의 생각을 지나칠 정도로 중요시하면서 그녀가 그런 면에서 다른 사람들보다 앞서도록 도와주려고만 했다. 그러니까 이 세상에 살면서 헤아릴 수 없이 많은 것들을, 가장 포기하기 어려운 것들까지 모두 포기한 대가로 얻을 수 있는 자유란, 막상 그 자유가 주어졌을 때 사람들은 어떤 실용적인 문제도 고려하지 않은 채 무제한으로 누리기를 탐하는 것이며, 그러니까 그러한 대가를 치르면서까지 자유를 누리려는 것은, 요컨대 가장 단순한 혁명의 형태로 이해되는 인간 해방, 즉 우리가 잘 알고 있듯이 모든 점에서 각자가 갖고 있는 수단에 따라서 이뤄지는 인간 해방이야말로 우리가 헌신할 가치가 있다고 생각되는 유일한 대의로 남아 있기 때문이다. 나자는 인간 해방이라는 대의에 봉사하기에 적합한 사람이었다. 물론 그녀가 할 수 있는 일이란 단순한 인식의 관점에서 고려해 볼 필요가 있는 상상력의 세계에서뿐 아니라 그보다는 훨씬 더 위험한 일로서, 말하자면 가장 가증스러운 감옥이라고 할 수 있는 논리의 창살을 벌려 놓고 그 안에 머리를 집어넣은 다음에 팔 하나를 집어넣게 만드는 행위에서도 존재할 수 있는 아주 특별한 반항의 음모가 모든 사람들 주위에서 조장될 수 있게 하는 일이었다. 그녀가 이러한 마지막 기획을 실행에 옮기고 있을 때 내가 그녀를 만류해야만 했을지도 모르지만, 그러기 전에 먼저 그녀가 겪고 있는 위험을 간파했어야만 했다. 그러나 나는 그녀가, 이미 언급한 바 있는, 자기 보존 본능이라는 혜택을 잃어버릴 수 있다고, 아니 이미 잃어버렸을지도 모른다고는 전혀 생각지도 못했다. 요컨대 그러한 자기 보존 본능이란, 나와 내 친구들이, 예를 들면 국기가 있는 길에서 고개를 돌려 외면하는 것으로 만족한 채 얌전히 굴게 만들고, 마음껏 욕하지도 않고 그 어떤 무례한 '신성모독'의 행동을 통해 얻을 수 있는 큰 기쁨을 누리지 못하도록 우리의 충동을 억누르는 장치다. 비록 그런 일이 나의 사리 판단과 일치하는 것이 아니라 하더라도 언젠가 '앙리 베크'[55]가 나자에게 자기 이름을 써서 적어 준 충고들이 담겨 있는 종이 한 장을 나에게 전해 줬던 일이 특별히 궤도를 벗어난 이상한 행동으로 보이지는 않았음을 고백한다. 그충고들이 내 생각과 다른 것이라 하더라도, 나는 그저 "베크가 현명한 사람인데 당신한테 그런 말을 했다니 믿을 수가 없는 걸."이라고 대답하는 것으로 만족했다. 그러나 나는 그녀가 빌리에 광장에 세워진 베크의 흉상에 매료되었고, 그의 얼굴 표정을 좋아한 것과 관련하여, 그녀가 어떤 문제에 대해서도 자신의 견해를 갖고 싶어 했고 또한 갖고 있었음을 너무나 잘 이해하고 있었다. 거기에는 적어도, 어떤 성인이나 신을 향하여 무슨 일을 해야 하는지를 물어보는 것처럼 비이성적인 요소는 하나도 없다. 나는 모든 시들을 읽은 전문가의 눈으로 나자의 편지들을 읽곤 했는데, 그 가운데서 특별히 놀라운 부분은 보이지 않았다. 다만 나를 변호하기 위해, 몇 마디의 말을 부연하고 싸울 뿐이다. 잘 알려져 있듯이, 광기와 광기가 아닌 상태 사이의 경계가 없기 때문에 나는 그것들과 관련된 사실로서의 지각과 관념에 대해서도 서로 다른 가치를 부여하고 싶지 않다. 조금도 이론의 여지가 없는 진실들보다 훨씬 더 큰 의미와 중요성을 갖는 역설들이 있는 법이다. 그러한 역설의 가치를 무화시키는 것은 중요성도 잃어버리고 이익도 잃어버리는 일이다. 아무리 그것이 역설이라 하더라도, 어쨌든 내가 내 자신을 향해, 아주 멀리서부터 나 자신을 만나려고 온 사람을 향해 '누구인가?'라는 언제나 비장한 외침을 스스로 던질 수 있

---

55) 앙리 베크는 프랑스의 극작가이며 리얼리즘 기법으로 작품을 쓰면서 저속한 풍속극에 저항하려고 애썼다.

그녀가 빌리에 광장에 세워진 베크의 흉상에 매료되었고……

(Photo: André Bouin, 1962)

었던 것은, 바로 그 역설 덕분이다. "누구인가?" "나자, 당신인가?" 내세라는 것, 모든 미래의 세계가 우리의 삶 속에 있는 것이 사실인가? 나에게는 당신의 말이 들리지 않는다. 누구인가? 나 혼자뿐인가? 이게 나 자신인가?

나는 책을 쓰는 일처럼 어떤 일을 계획적으로 준비할 시간이 있는 사람, 일을 다 끝내고 나서는 자기가 한 일이 어떤 운명이 되고 또한 나중에 그 일이 자신에게 어떤 운명을 초래하는지 하는 문제에 관심을 쏟을 수 있는 사람을 부러워한다. (부러워한다고 말할 수 있을 것이다.) 도중에 그 일을 포기할 만한 절실한 때가 적어도 한 번쯤은 있게 마련인 것을 어떻게 고려하지 않을 수 있겠는가? 그런 일을 경험하면서도 그들이 그 일을 강행한 것이라면, 그 이유를 우리에게 친절히 설명해 주었으면 좋겠다. 장기적인 계획을 세워서 추진해 보고 싶은 그런 일 때문에, 내가 사랑하는 삶이자 그녀가 몸을 바친 그러한 삶, 그렇게 숨 차게 살아온 삶의 가치가 더럽혀지리라는 걸 나는 분명히 확신한다. 인쇄까지 된 문장 속 단어들 사이에 뜻하지 않게 벌어진 간극들, 합계를 내는 일이 중요하지 않을 수 있는 여러 가지 주장을 하면서 밑으로는 독설을 퍼붓는 표현

나는 책을 쓰는 일처럼 어떤 일을 계획적으로 준비할 시간이 있는 사람을……
(Photo: Henri Manuel)

법, 이제나 저네자 하고 해결책을 기대해 볼 수 있으리라고 생각했던 문제의 자료들을 완전히 전복시켜 놓은 사건들의 완전한 생략, 우리가 진술해 보려는 가장 구체적인 기억들은 물론 아주모호한 생각들이 시간의 흐름에 따라 채워지기도 하고 비워지기도 하는 불확정적인 감정지수, 이러한 것들 때문에 나는 이 책을 뒤적이면서 두 페이지쯤 일찍 먼저 끝나게 된 것처럼 보이는 행과 마지막 행 사이에 벌어진 간격에만 신경을 쓰게 되었다.* 그 간격은 성급한 독자건 아니건 누구에게나 무시해도 좋을 아주 짧은 간격이지만, 내게는 엄청난 가치가 있는 대단히 큰 틈이라는 걸 말하고 넘어가야겠다. 내가 어떻게 나 자신을 이해시킬 수 있을까? 내가 자신 있게 말할 수 있을 만큼 인내심을 갖고, 어떤 의미에서 객관적이라고 할 수 있는 시선으로 이 이야기를 다시 읽어 본다 해도, 현재의 감정에 충실하려면 무엇을 남겨 놓을 수 있을지 나는 잘 모른다. 그걸 굳이 알고 싶지도 않다. 나는 이 이야기가 중단되는 때인 8월 말부터 나 자신으로부터 좀 벗어날 수 있게 된 12월 말까지, 정신보다는 마음과 관련된 감정의 무게에 짓눌려 있어 아무리 이 이야기가 내 마음을 극도로 불안하게 만들지라도, 나쁜 이야

---

* 이런 식으로, 예전에 나는 마르세유에 있는 비유포르 부두에서 해 지기 직전에 어떤 화가가 저물어 가는 빛을 놀랄 만큼 세심하게 빠른 속도와 능란한 솜씨로 화폭 위에 담으려고 애쓰는 것을 하릴없이 관찰한 적이 있었다. 햇빛과 일치하는 색채는 해와 함께 조금씩 아래로 내려갔다. 결국 아무것도 남지 않고 사라졌다. 화가는 갑자기 너무 늦었음을 알아차렸다. 그는 벽에 비친 붉은 빛을 사라지게 했고, 물 위에 남아 있던 한두 줄기 희미한 빛도 지워 버렸다. 그에게도 나에게도 세상에서 가장 미완의 형태로 끝난 그의 그림은, 내게 대단히 슬프고 또 대단히 아름다워 보였다.

기였든 좋은 이야기였든 간에 이 이야기에 함축된 최고의 희망을, 물론 내 말이 믿어지지 않겠지만, 희망의 실현 그 자체를 그야말로 있을 법하지 않은 희망의 실현이자 완전한 실현을 체험하고 살았다는 것을 —— 누구나 그럴 수 있겠지만 —— 기억하고 싶다. 그렇기 때문에 그 희망 속에서 떠오르는 목소리가 나에게는 인간의 관점에서 높이 고양될 수 있는 것처럼 보이고, 그렇기 때문에 이 이야기에 담은 특이한 표현들을 버리지 않은 것이다. 나자, 인간으로서의 나자는 이제 아주 먼 곳에 있지만…… 물론 다른 사람들도 마찬가지일 것이다. 불가사의한 존재, 이 책의 첫 페이지에서부터 마지막 페이지까지 적어도 내 믿음이 바뀌지는 않았을 불가사의, 그것과 함께 뿌리를 내리고 자란 이름, 이제는 존재하지 않는 그 이름은 계속 내 귓가에서 울리고 있다.

· · · · · · ·

나는 이 이야기와 관련된 장소들 중 몇 군데를 다시 들러보기 시작했다. 사실 나는, 몇몇 인물들과 마찬가지로, 물건들과 장소들을 신중히 생각하여 특별한 각도에서 직접 찍은 사진의 이미지로 제시하고 싶었다. 이 기회에 예외적인 몇 군데를 제외하고는 『나자』에서 도판이 들어 있는 부분이 내 마음에 들지 않았고 그 장소의 사진들도 나의 기획과 다소 상충된 형태가 되고 말았다는 것을 확인할 수 있었다. 베크의 흉상은 음산한 느낌의 울타리에 둘러싸여 있는 모양이고, 테아트르 모데른으로 가는 길은 조심스럽게 경계하는 느낌이 들었고, 푸르빌은 프랑스의 다른 도시들처럼 환멸을 주는 생기 없

그레벵 박물관에서 스타킹의 고무 밴드를 고정시키기 위해 어두운 곳에서……

(Photo: Pablo Voita, 1959)

는 도시의 형태가 되었고, 「문어의 포위」와 관련된 거의 모든 자료들은 사라져 버렸다. 특히 이 책에서 특별히 문제된 것은 아니었지만 내가 무엇보다도 애착을 가졌던 그레뱅 박물관[56]에서 스타킹의 고무 밴드를 고정시키기 위해 어두운 곳에서 몸을 감추는 자세를 취하고 있는 아름답고 매혹적인 여인, 움직이지 않는 포즈로 도발적인 눈빛을 한, 내가 알고 있는 유일한 그 조각상은 촬영 허가를 받지 못했다.* 본누벨 가, 안타깝게

---

56) 1882년에 설립된 그레뱅 박물관(Le musée Grévin)은 유명 인물의 밀랍인 형들과 역사적 사건을 재현해 놓은 박물관이다.

* 나에 대한 나자의 태도에서, 다소 의식적인 것이라도, 이날까지 완전한 전복의 원칙이 적용되는 모든 행위를 추출해 보려는 일이 내게 가능한 것은 아니었지만, 그중에서 다음과 같은 사실만은 본보기로 기억해 두고 싶다. 어느 날 저녁, 내가 베르사유에서 파리로 가는 도로에서, 내 옆에 앉아 있던 여자는 나자였지만, 아주 다른 사람일 수도 있고 또 다른 사람일 수도 있었는데, 그때 액셀러레이터를 밟고 있던 내 발 위에 그녀의 발이 고정되어 있었고, 끝없는 입맞춤이 안겨 주는 망각 상태에서 그녀는 내 눈 위에 손을 얹어 놓으려고 하면서, 우리가 더 이상 존재하지 않기를, 서로를 위해 어쩌면 영원히 존재하지 않기를 바라면서, 그렇게 우리는 아름다운 나무들을 맞이하러 가기 위해 전속력으로 달려가고 싶어 했다. 정말이지 사랑 때문에 치러야 할 시련과 같은 것이었다. 내가 그녀가 원하는 대로 행동하지 않았음을 굳이 덧붙일 필요는 없을 것이다. 내가 그때 어떤 상태였는지, 그리고 내 의식만은 거의 언제나 나자와 함께하고 있었다는 건 잘 알려진 바이다. 굳이 그 당시 우리가 사랑에 대한 공통된 인식을 갖게 되었음을 아주 감동적으로 깨닫게 해 준 나자에게 고마움을 느낀다. 어쨌든 나는 나자의 그런 유혹에 저항하기가 점점 어렵다는 것을 느꼈다. 마지막 추억 속에 떠오르는 것은 그래도 그런 유혹에 저항해야 할 필요성을 나에게 일깨워 준 여자에게 감사해야 한다는 사실이다. 서로가 모든 것을 믿고 존경할 수 있는 어떤 비범한 사람들이 변함없이 서로 인정할 수 있는 것은 극단적인 도전의 힘에서이다. 관념적으로는 눈을 가리고 이런 야생마 같은 차를 운전하면서도 종종 길을 찾아갈 수 있는 것이다. 내 머리에 그 무게만큼의 금이 현상금

도 내가 파리에 없는 동안 '사코-반제티'[57]라 불리는 멋진 약탈의 나날들이 계속되었을 때, 무질서의 측면에서 진정 내가 찾고 싶은 곳이자 또한 그 지표들이 막연하게나마 나에게 도움을 줄 수 있을 것으로 계속 믿게 된 중요한 전략적 지점들 중의 하나가 됨으로써 나의 기대에 부응할 수 있는 것처럼 보였던 그 거리 ── 사랑이나 혁명이 절대적으로 중요한 의미가 되면 다른 것들을 모두 부정해 버릴 수 있는, 그와 같은 간절한 욕구에 기꺼이 굴복하는 모든 사람들과 내가 같은 것을 공유하고 있다고 생각되는 곳 ── 새로 페인트칠을 한 영화관들의 정면이 연속적으로 이어진 거리, 마치 생드니 문이 최근에 폐쇄된 것처럼 정지된 형태로 보였고, 내가 '두 개의 가면 극장(테아트르 데 되 마스크)'이 부활했다가 다시 쇠락하는 것을 보게 된 후, 이제 '두 개의 가면 극장'은 그냥 '가면 극장'만의 형태로 계속 퐁텐 가에서 우리 집으로 가는 길 중간쯤에 위치해 있었다. 기타 등등. 그 밉살스러운 정원사가 말했듯이, 이것은 재미있는 일이다. 그러나 외부 세계에 대한 이런 시시한 이야기는, 결국 이런 식으로 진행되는 것이 아닐까? 시간은 흘러서

으로 걸리게 되었을 때, 나에게 피신처를 마련해 줄 수 있을 거라고 확신하는 내 친구들, 나를 숨겨 주기 위해서라면 어떤 큰 위험도 감수할 그런 친구들 ── 그들에게 내가 고마운 존재가 되는 것은 바로 이런 비극적 희망을 통해서인데 ── 마찬가지로 사랑의 문제가 걸려 있다면 필요한 모든 조건 아래서 밤의 드라이브를 계속하는 일은 내게 문제가 될 수 없다.

57) '사코-반제티(Sacco-Vanzetti)' 사건이란 이탈리아인 사코와 반제티가 급진적인 무정부주의라는 정치적 신념 때문에, 미국에서 1920년에 일어난 무장강도 살해 사건에서 불공평한 재판을 받고 억울하게 사형을 선고받은 (1927) 사건을 말한다.

어느새 개를 밖에 내놓을 수 없는 때가 되었다.

내 생각에, 공기가 생존에 필요하듯이 절실한 원소의 힘으로 살고 있는 이 도시에서, 추상적이고 방심한 상태의 진짜 도시가 어떤 형태를 띠건 '도시의 형태'에 어떤 변화가 생기건, 내가 걱정할 문제는 아니다. 지금 나는 아무런 회한도 없이 도시가 다른 모양으로 변하고 사라져 버리는 것을 보고 있다. 도시의 성벽 주변에서 무성하게 자란 풀들의 속으로, 한 남자와 한 여자가 성의 구별 없이 계속 서로 사랑을 나누는 방에 드리운 커튼의 꿈속으로, 도시가 미끄러져 들어가고, 불타오르고, 침몰하는 것이 보인다. 아비뇽, 그 도시에서 교황청은 겨울 밤들과 쏟아지는 빗줄기에도 피해를 입지 않았지만, 오래된 다리는 아이들의 동요 속에서 결국 무너졌다. 내 마음의 풍경은 불가사의하고 무언지 알 수 없는 손 하나가 얼마 전에 '새벽들(LES AUBES)'이라는 단어가 쓰여 있는 하늘색의 큰 표지판을 가리켜 준 바 있는, 그 아비뇽 쪽으로 놀랍게 확산되고 있는데도, 한계에 부딪혀 좌절하고는 초벌 상태를 벗어나지 못한다. 그런 확산뿐 아니라 유한의 세계 한복판에 내가 별 하나를 심을 수 있게 도와주는 다른 모든 것들이 있음에도 불구하고. 내가 이제 어떤 예측을 해보더라도, 지금의 예언에는 예전만큼의 확신을 담지 못한다. 아무리 기다려야 하고, 믿음이 있어야 하고, 대비를 해야 하고, 불이 나면 불길이 번지는 것을 막기 위해 불타도록 내버려 두는 희생물이 있어야 한다 하더라도, 나는 그런 것을 절대로 인정하지 않겠다. 내게 유일하고도 실천적으로 확실한 영감을 주는 저 위대한 무의식의 생생한 목소리만이 언제까지나 나의 모든 자아를 좌지우지하기를

얼마 전에 '새벽들(LES AUBES)'이라는 단어가 쓰여 있는 하늘색의 큰 표지판을…
(Photo: Valentine Hugo)

바란다. 나는 이 자리에서 무의식에 새롭게 부여한 의미를 절대로 취소하지 않겠다. 다시 한 번 말하겠는데, 무의식의 존재만을 인정하고 싶고, 무의식만을 믿고 싶고, 내 눈 속에 있는 것으로 알고 있는 빛의 한 점, 그 어둠의 덩어리에 부딪히지 않도록 나를 이끌어 주는 빛의 한 점을 내 스스로 뚫어지게 바라보면서, 무의식의 드넓은 방파제를 한가로이 거닐고 싶다.

　너무나 어처구니없는 내용이면서도, 매우 우울하고 한편으로는 참으로 감동적이기도 한 이야기를 예전에 누군가 내게 들려준 적이 있었다. 어느 날 한 신사가 호텔에 들어가서 자기 신분을 밝히고 방 하나를 빌리자고 했다. 그가 빌린 방 번호는 35호다. 잠시 후, 그 신사는 사무실로 내려가 열쇠를 맡기면서 말한다. "실례합니다, 내가 워낙 기억력이 없거든요. 미안하지만 내가 나갔다 들어올 때마다 '들루이'*라는 내 이름을 말할 테니, 그때마다 내 방 번호를 알려 주시면 고맙겠습니다." "알겠습니다, 손님." 잠시 후 그는 다시 돌아와서는 사무실 문을 반쯤 열고 말한다. "들루이." "35호입니다." "감사합니다." 잠시 후 온통 진흙투성이에다 피까지 흘리면서, 거의 인간의 모습이라 할 수 없을 정도로 엉망이 된 한 남자가 매우 흥분된 모습으로 사무실에 들어와 말한다. "들루이." "뭐라고요? 들루이 씨라고요? 그런 말 마십시오. 들루이 씨는 방금 막 방으로 올라가셨어요." "미안하지만, 그 사람이 바로 나요. …… 방금 창문에서 떨어졌소. 내 방 번호가 어떻게 되는지 알려 주시겠습니까?"

---

* 이 이름의 철자는 잊어버렸다.

당신은 이제 기억하지 못하겠지만, 당신을 알게 된 지 얼마 되지 않았을 때, 당신에게 바로 이 이야기를 해 주고 싶었는데, 그때 당신은 마치 우연인 양, 이 책의 시작 부분을 알고 있는 사람으로서 아주 적절한 시점에서, 아주 정열적으로 그리고 아주 효과적으로 내 옆에서 내가 이 책이 "문처럼 열고 닫히는" 것이 되기를 원했고, 그 문을 통해 들어오는 사람을 볼 수 있는 것은 어쩌면 당신밖에 없으리라는 것을 나에게 일깨워 주기 위한 어떤 역할을 했습니다. 물론 그 문을 통해 들어오고 나가는 이는 당신뿐입니다. '새벽들'의 표지판을 향해 쳐든 당신의 손 위로 약간의 빗방울만 떨어질 뿐이었다고 말할 수 있는 당신, 사랑, 오직 "시련을 통해서만 존재할 수 있는" 하나뿐인 사랑이라고 내가 쓴, 돌이킬 수 없고 부조리한 표현의 문장을 그토록 후회하게 만든 당신. 내 말에 귀 기울이는 모든 사람들에게는 분명히 관념적 존재가 아닌 한 여자로 보일 당신, 키메라 같은 존재로 보일 만큼 나를 압도해 왔고, 지금도 계속 압도하고 있는 그 모든 속성을 갖고 있음에도 불구하고 무엇보다도 한 사람의 여자일 뿐인 당신, 하는 일마다 사리에 어긋나는 것이 없고 뛰어난 논리가 벼락처럼 번득이다가 치명적으로 내리꽂힐 만큼 모든 일을 수월하게 처리하는 당신, 내 삶의 길에서 당신도 깨닫지 못하는 힘을 내가 정확하게 깨달을 수 있도록 이끌어 주려고 나타난, 그야말로 생기 발랄한 당신, 악이라는 것을 소문으로만 알고 있는 당신, 물론 이상적이라고 할 만큼 아름다운 당신, 모든 것을 새벽의 시간으로 돌려 놓고 바로 그런 이유로 더 이상 다시 만날 수 없을 것 같은 당신……
　당신이 없다면, 내게 있는, 내가 잘 알고 있다고 생각하는 나의 재능, 어디서나 감사하는 마음을 가질 수 있었던 나의 재능을 사랑한들 무슨 의미가 있을까요? 나의 재능, 그것이 어디에 있고 어떤 것인지 잘 안다고 자신하면서 다른 모든 위대한 정열들을 매혹시킬 수 있다고 생각했지요. 나는 당신의 재능을 맹목적으로 신뢰합니다. 이 말이 너무 놀랍게 생각된다면, 쓸쓸한 느낌이 들더라도 철회하겠습니다. 아니 완전히 없었던 것으로 하겠습니다. 재능이라는 것……. 재능의 이름으로 나에게 떠오른 몇 사람의 중재인들이 있지만 당신의 옆에서 그들을 떠올리지 못하면 그들에게서 무엇을 기대할 수 있을까요!

의도적으로 그렇게 한 것은 아니지만 당신은 나의 예감과 일치하는 사람들의 모습처럼 가장 친숙한 형태로 나타났습니다. 나자는 나의 예감과 일치하는 사람이었는데, 당신에게는 완벽할 정도로 나자의 모습이 숨어 있었습니다.

사랑의 대상이 바뀌어 가는 것은 당신이 나타남으로써 확실히 끝났다고 할 수 있는데 그 이유는 아무도 당신을 대신할 수는 없기 때문이기도 하고, 불가사의한 문제들이 당신 앞에서 영원히 끝나게 되었기 때문이지요.

당신은 나에게 불가사의한 존재가 아닙니다.

당신은 불가사의한 존재와는 전혀 상관없는 사람이라고 말하겠습니다.

당신의 존재가 있기 때문에, 당신이야말로 유일하게 **존재의 의미**를 아는 사람이기 때문에, 이제 이 책의 존재는 전혀 필요 없는 것인지도 모릅니다. 내가 당신을 알기 전에 이 책에 부여하고 싶었던 결론이자, 나의 인생 속에 당신이 등장하면서 의미를 갖게 된 그 결론을 생각하면서 나는 이 책의 존재를 다른 방법으로 결정지을 수 있다고 생각했습니다. 이런 결론이 진정한 의미를 갖고 완전한 힘을 발휘할 수 있는 것은 오직 당신을 통해서일 뿐입니다.

그 결론은 당신이 넓은 슬픔의 숲 뒤에서 가끔 미소를 지었듯이 나를 향해 미소를 짓고 있습니다. 당신은 "또 사랑 이야기군요."라고 말하거나, 그보다 더 부적절하게 "양단간에 결정을 내려야 하는 일."이라고 말한 적이 있습니다.

나는 모순된 세계를 옹호하는 입장에서, 정열적인 사랑이 결정적으로 자신을 무장할 수 있는 이 경구를 반대하지는 않겠습니다. 이런 점에서 정열적인 사랑을 위해 그것을 가감없이 받아들여야 한다면, 내가 할 수 있는 일은 기껏해야 '양단간의 결정'의 성격에 대해서 질문해 보는 일일 것입니다. 내가 사랑의 **다양한 변화**의 피해자로 있는 한, 그리고 사랑이 나에게서 언어를 빼앗아 가건 아니건, 삶의 권리를 빼앗아 갈 수 있건 아니건 간에, 정열적 사랑 앞에서, 오직 정열적 사랑 앞에서만 느끼고 싶은 절대적인 겸허함과 사랑을 알고 있다는 자부심을 어떻게 떨쳐 버릴 수 있을까요? 사랑이 아주 신비스러우면서도 아주 무정하게 정지해 버린다고 해도 나는 그것을 이의 없이 받아들이겠습니다. 그것은 알 수 없는 사랑의 허무한 힘으로 세계의 흐름을 정지시키려는 것과 마찬가지겠지요. 그것은 "누구나 자기의 현재 세계보다 더 좋은 사람이 되고 싶어 하고 그럴 수 있다고 생각하지만, 그보다 더 좋은 사람은 이 세계를 다른 사람들보다 훨씬 더 훌륭하게 표현할 뿐이다."* 라는 논리

* 헤겔.

를 부정하는 것과 마찬가지일 겁니다.

· · · · · · · ·

아름다움을 열정의 목표로만 생각해 왔다는 것은 너무나 분명한 사실인데, 이제 그런 아름다움에 대해 필연적으로 어떤 태도를 취해야 한다는 것이 결론입니다. 그것은 "돌의 꿈"[58] 속에 갇혀 있는 정태적인 것도 아니고, 단 하루 만에 사건의 윤곽을 드러내도록 만들어진 비극들의 핵심으로서 남자의 관점에서는 터키 황제의 처첩들 같은 여자들의 그늘 속에 파묻혀 있는 듯하고, 그러면서 덜 역동적인 것도 아니고, 광란의 질주가 또 다른 질주로 이어지는 흐름에 순종하면서, 내리는 눈 속에 있는 하나의 눈송이보다 더 어리둥절한 모습을 하고, 토끼를 잡아 본 적이 없는 사람이 한 마리도 잡지 못하게 될까 걱정하는 마음으로 결심하게 되는, 그러니까 정태적이지도 않고 역동적이지도 않은 아름다움과 같은 것, 당신을 보았을 때 나는 그러한 아름다움을 보았지요. 마치 정해진 시간과 적절한 시기에 맞추어서 이뤄진 당신과 나의 일치된 만남을 경험한 느낌이었습니다. 아름다움은 리용 역에서 끊임없이 급격하게 덜컹거리면서, 내가 알기로는 출발한 적도 없고 앞으로도 출발하지 않을 기차와 같습니다. 아름다움은 많은 사람들이 별로 중요하게 보지 않는 그러한 급격하고 불규칙한 움직임들로 만들어지는 것인데, 우리는 이 움직임들이 필연적으로 대가를 치르게 된 하나의 발작적인 충격을 초래한다는 것을 알고 있습

58) 보들레르의 시집 『악의 꽃(Les Fleurs du Mal)』에 실린 「아름다움(La Beauté)」에서 인용한 표현이다.

니다. 나는 지금 거드름을 피우고 있는 게 아닙니다. 이성의 정신은 거의 어디서나 자기에게 없는 권리들을 부당하게 취득하려고 합니다. 역동적이지도 정태적이지도 않은 아름다움. 지진계처럼 아름다운 인간의 마음. 침묵의 절대적인 힘…… 조간신문은 언제나 나의 근황을 충분히 잘 알려 줄 것입니다.

　X……, 12월 26일. 사블르 섬에 위치한 무선전신 기지를 책임지고 있는 무선통신사는 일요일 저녁 그 시간에 그에게 발송된 것 같은 한 토막의 메시지를 포착했다. 그 메시지는 "뭔가 작동이 안 된다."라는 내용이었는데 그것으로는 그 당시 비행기의 위치를 파악할 수가 없었고, 기상 상태도 계속 아주 안 좋았고 음파 간섭도 심했기 때문에, 무선통신사는 그 한 줄의 메시지 이외의 다른 내용은 전혀 알아들을 수 없었고, 통신을 재개할 수도 없었다.

　그 메시지는 625미터의 파장으로 전달되었다. 한편 무선통신사는 수신력을 계산하여 사블르 섬의 반경 80킬로미터 내에서 그 비행기의 위치를 측정할 수 있으리라고 생각했다.

아름다움은 발작적인 것이며 그렇지 않으면 아름다움이 아닐 것이다.

『나자』와 초현실주의적 소설의 의미

문학과 미술 분야에서 20세기의 가장 중요한 문예사조를 초현실주의라고 말하는 데 이의를 제기할 사람은 별로 없을 것이다. 초현실주의는 자동기술의 시를 이론화하여 실천하였을 뿐 아니라 "삶을 변화시켜야 한다."라는 랭보의 명제와 "세계를 개혁해야 한다."라는 마르크스의 명제를 종합하려고 했다. 또한 프로이트적인 새로운 인간 해석과 마르크스적인 혁명적 세계 인식의 중요성을 동시에 수용하려고 했다. 이런 입장과 의도에서 초현실주의자들의 여러 가지 실험과 모험, 일탈과 참여는 결국 실패로 끝났지만, 그 과정에서 의미 있는 창조적 성과를 거두었다는 점만은 대부분의 문예사가들이 인정하는 사실이다. 어떤 평론가는 초현실주의의 성과를 20세기의 시적 혁명을 이룩한 것이라고 평가하였다. 사실 현대의 시와 미술에서 초현실주의적 이미지란 20세기 예술을 특징짓는 개념들 중의 하나로 자리 잡았고, 초현실주의자들의 실험과 성과는 역사적

유물로 정리되지 않고 살아 있는 영향력을 발휘하고 있는 것처럼 보인다. 앙드레 브르통은 이렇게 중요하게 평가되고 있는 초현실주의의 이론가이자 시인이며 작가이고 비평가이다. 우리에게는 그가 「초현실주의 선언문」을 쓴 이론가이고 자동기술적인 시를 쓴 시인으로 많이 알려져 있기는 하지만,『나자』와『연통관』,『무모한 사랑』 등의 산문 작품들을 쓴 작가로는 잘 알려져 있지 않다. 이 작품들 중에서 특히『나자』는 「초현실주의 선언」(1924)이 발표된 지 4년쯤 지나서 간행된 작품으로서 초현실주의 역사에서 중요한 계기가 되었을 뿐 아니라, 초현실주의 문학의 큰 성과로 평가되고 있다.

우선 소설을 산문으로 쓴 허구적 이야기로 이해하는 독자는『나자』가 작가의 상상력으로 만든 허구적 소설이 아니라는 것에 주목해야 한다. 이 소설의 주인공인 나자는 실제 인물이다. 브르통은 1926년 10월 4일 파리의 한 거리에서 우연히 이 여자를 만난다. 이 소설의 중심에는 브르통이 이 여자를 만나면서 경험한 실제의 사건들이 서술되어 있는 것이다. 물론 그 중심적 사건 외에도 시작하는 부분과 끝나는 부분에서 서술된 브르통의 생각과 경험들은 모두가 진실과 사실의 토대 위에서 쓰인 것이다. 브르통은『나자』를 쓰기 전, 「현실성의 결핍에 대한 개론적 담론」이란 글을 통해 허구적 인물들을 만들어 이야기를 꾸며 대는 소설가들을 비판하면서 이제는 무엇보다 현실성이 담긴 진정한 삶의 이야기를 써야 한다고 역설하였다. 또한 「초현실주의 선언문」에서는 사실주의 작가들의 단순한 정보 전달식의 문체와 상투적인 묘사, 결정론적인 심리분석,

삶의 신비나 인간의 내면에 대한 평면적인 서술을 공격의 대상으로 삼았는데, 이것은 그가 앞으로 쓸 소설이 사실주의 소설의 비판적 측면과는 완전히 다른 것을 예고해 주는 말이다. 브르통이 사실주의 소설을 이렇게 비판한 다음에 처음으로 쓴 『나자』는 기존의 소설 문법과는 완전히 다른 요소들을 갖고 있을 뿐 아니라 초현실주의자들의 삶과 문학과 세계관을 보여 준다는 점에서 초현실주의 소설로 이해될 수 있는 작품이다.

사실주의 소설에 익숙한 독자에게 『나자』는 이해하기가 쉽지 않은 소설이다. 많은 이질적 요소들이 불연속적으로 연결된 부분도 많고, 독자가 깊이 생각해야 그 의미를 이해할 수 있는 암호문 같은 문장들과 유추적으로 연결시켜 추론해 볼 명사들이 적지 않기 때문이다. 사건의 시간과 공간이 분명히 밝혀져 있는 이야기도 있지만, 그것들이 모호하게 처리되어 있는 이야기에서는 화자의 생각인지 실제의 사건인지, 사건이라면 소설의 주제와 어떻게 관련되는 것인지 알 수 없게 구성된 부분도 많다. 이런 점 때문에 『나자』는 '질서와 무질서, 유기적인 계획과 우연적 요소가 변증법적으로 결합된' 작품이라고 말할 수도 있다. 브르통은 서문에서 '의학적인 관찰'의 문체로 삶의 현장과 사건을 객관적으로 서술하겠다는 의지를 밝혔다. 이것은 텍스트 안에서 작가의 주관적 개입을 가능한 한 줄이겠다는 뜻을 나타낸 것이지만, 동시에 날것 그대로의 객관적인 텍스트 자료를 적극적으로 해석해야 하는 일이 독자의 몫임을 암시하는 말이기도 하다. 『나자』는 암호문의 텍스트를 판독하려는 의지를 갖고 읽어야 할 소설임이 분명하다. 이러한 능동적 의지 없이 이 소설을 난해하다고 말하는 독자가 있다면, 작가는 그에게 수동적인 독서에 길들여져 있거나 삶에 대해 의문을 갖지 않기 때문이라고 말할 것이다.

이 소설은 "나는 누구인가?"라는 물음으로부터 시작한다. 물론 이 물음은 텍스트 안에서 분명하게 대답이 준비된 물음이 아니기 때문에, 화자는 이렇게 묻고 난 후에 이 물음에 답변을 모색하려 하지 않고 "나는 어떤 영혼에 사로잡혀 있는가?"라는 물음으로 방향을 돌리고 있다. 초현실적 서술의 전개 방법이 그렇듯이, 이 소설에서 말의 흐름은 논리적이지 않고, 질문과 대답이 명쾌하게 정리된 상태로 연결되지는 않는다. 물론 '나는 누구인가?'라는 물음이 인식론적인 문제의 차원에서 제기되는 것이 아님을 주목할 필요가 있다. 이 소설의 앞부분에서 대체로 확인할 수 있듯이, 브르통의 관심은 자아에 대한 인식론적 문제가 아니라 이 세계에서 다른 사람들과 다르게 자신이 어떤 의미 있는 일을 하기 위해 태어난 것인가, 인간의 자유란 무엇인가, 문학과 삶은 어떻게 연결되는가, 진정한 삶은 무엇인가 등의 문제를 아는 데 있다. 나자와의 관계가 결국 실패로 끝난 후에 나타난 물음은 처음에 제시된 "나는 누구인가?"라는 물음과 짝을 이루고 표현된 것은, 군대에서 암호를 묻는 것처럼 비장한 톤의 "누구인가?"였다. 물론 이 외침에도 대답은 마련되어 있지 않다. 대답이 없는 대신에, 대답 없는 질문들이 절망의 외침처럼 당혹스럽게 이어질 뿐이다. 이런 점에서 이 소설은 대답이나 해결은 없고 질문이나 의문이 많은 소설처럼 보이기도 한다.

브르통은 그의 『대담집(*Entretiens*)』에서 철학과 정치, 시와 그림에서 초현실주의 활동이 가장 활발하고 큰 성과를 보였던 1926년부터 1929년까지의 기간을 회상하면서, 그 당시 "떠돌이처럼 방황하는 취향은 절정에 이르렀고, 겉으로 보이는 허상들 속에 가려진 것을 발견하고 드러내려는 일을 목표로 삼은 '끊임없는 탐구'를 마음껏 시도해 볼 수 있었던 정신적 상황"을 대표적으로 보여 주는 작품들로 자신의 『나자』와 아라공의 『파리의 농부』를 예로 들었다. 이 말처럼 『나자』는 브르통에게서 초현실주의적 탐구의 전형을 보여 주는 산문 작품이자 그 당시 초현실주의자들의 생활 방식과 삶의 태도, 세계관과 상상의 세계를 이해하는 데 중요한 자료가 되는 작품이기도 하다.

나자는 그러한 탐구의 길에서 우연히 만날 수 있었던 중요한 존재이지만, 소설의 도입부에서 그녀의 출현을 예감할 수 있고 초현실주의적 탐구와 관련지을 수 있는 여러 가지 유형의 사건과 기호들이 다양하게 제시되어 있다. 엘뤼아르나 페레와의 우연적인 만남, 데스노스의 '잠'과 관련된 이야기, 낭트에서 만난 여자들의 눈빛과 어두운 숲에서 만나기를 꿈꾸었던 여자의 모습, 벼룩시장에서 우연히 만난 여류 시인과의 대화 등은 삶의 신비스러운 우연들에 가치를 부여하려는 초현실주의적 주제와의 연관성을 보여 준다. 또한 위고와 플로베르, 키리코와 위스망스 등의 예술가들에 대한 언급은 인간의 내면과 무의식에 대한 그들의 시각과 초현실주의자들의 생각이 일치될 수 있는 친화 관계를 암시하기 위한 것이다. 또한 에티엔 돌레의 동상, 숯 파는 가게의 간판, 루소 동상의 머리들을 보고 매혹이나 두려움을 느꼈던 것은 브르통의 환각적 세계와 이미지의 편향을 드러낸다. 또한 '테아트르 모데른' 극장에서 공연한 작품 「미친 여자들」의 이야기는 브르통의 연극에 대한 취향을 보여 주면서 동시에 도착적인 성의 환각을 문제시한 것으로 볼 수 있다.

『나자』의 가장 중요한 장면은 당연히 브르통이 나자를 처음 만나게 된 10월 4일의 기록이다. 그날 브르통은 권태로운 오후 시간에 라파예트 거리를 걷다가 트로츠키의 책을 구입하고 오페라 극장 쪽으로 걸어간다. 그는 퇴근길의 사람들을 바라보면서, 그들이 노동과 직업에 노예처럼 묶여 있는 한 혁명을 할 수도 없고 혁명이란 문제에 관심을 갖지도 않을 것이라는 비관적인 생각에 잠시 사로잡힌다. 그러던 중 "갑자기" 군중들 틈에서 그녀가 나타난 것인데, 그녀의 모습은 초라한 옷차림이지만 머리를 높이 치켜들고 신비로운 미소를 띠고 있었으며 진한 화장을 하다가 만 것 같은 모양이었다. 다시 말해서 그녀의 모습은 군중의 바다 속에 홀연히 떠 있는 섬처럼 초현실주의적 혁명과 신비의 아우라를 갖고 나타난 것이다. 브르통은 그녀의 얼굴을 보면서 앞부분에서 언급한 연극배우 블랑슈 데르발의 이미지를 연상한다. 나자에 대한 이런 인상과 느낌은 독자에게 그녀의 현실적이면서 비현실적이고, 자유로우면서도 신비스러운 존재의 성격을 강렬하게 부각시키는 효과를 갖는다. 더욱이 "당신은 누구인가요?"라고 묻는 말에 그녀가 "나는 방황하는 영혼이지요."라고 대답한 것은 그녀의 '노마드'적인 자유로운 삶의 본질을 그대로 드러내 준다. 말이다. 두 사람이 첫날에 나눈 대화에서 알 수 있듯이, 나자는 현실적인 모습과 초현실적인 모습을 동시에 보여 주는 존재이자, 현실의 논리에 갇혀 있지 않은 자유로운 정신과 신화적인 성격의 인물로 표현된다. 그러나 나자 앞에서 브르통은 「초현실주의 선언문」에서 예찬한 광기와 초현실적 상상력을 부각시키는 존재이기는커녕, 현실적이고 이성적인 존재일 뿐이다. 물론 브르통의 이러한 모습은 나자의 신비롭고 신화적인 성격을 강조하기 위한 서술 전략 때문일 수 있다. 그는 나자의 행위나 언어를 관찰하고 기록해야 할 자신의 역할을 의식해서라도 나자처럼 비이성적 환각에 빠져 들기가 어려웠을 것이기 때문이다.

브르통은 이 소설에서 작중인물이자 화자이고 작가이다. 이런 점 때문에 사건의 시간과 글쓰기의 시간, 작중인물로서의 생각과 화자의 생각이 혼재되어 있는 것을 독자는 구별해서 읽어야 한다. 화자는 이 책이 '여닫이 문'처럼 열려 있기를 바란다고 말했다. 이것은 독자에게 처음부터 끝까지 직선적으로 책을 읽기보다 언제라도 자유롭게 책에서 삶으로 혹은 삶에서 책으로 이동하는 독서 방법을 권장한 것으로 볼 수 있다. 이러한 '여닫이 문'의 기호를 어떻게 해석하든 간에, 작가가 이 소설에 수록된 많은 일화나 사건의 이야기를 독자가 자신의 삶에서도 비슷하게 경험해 보기를 원했다는 점에서 '여닫이 문'은 문학과 삶의 자유로운 소통을 의미하는 상징으로 볼 수 있다.

브르통은 이 소설의 사건이나 배경이 실제의 것임을 보여 주기 위해 많은 사진들을 삽입하였다. 그리고 그 사진들마다 텍스트의 관련된 문장의 일부를 발췌하여 사진을 설명하는 문구로 삼았다. 그런데 특이한 것은 그 사진들의 시각적 이미지가 사실을 증명하는 역할을 넘어서서 텍스트의 문자로 언급되지 않은 부분까지 생각하고 상상하게 만든다는 점이다. 독자는 거리의 사진 속에서 상점의 간판들을 읽으며 텍스트의 문자와 연관된 유추적 상상력에 빠져 볼 수 있다. 나자의 그림 앞에서도 마찬가지이다. 독자는 그림을 보면서 그 안에 담긴 의미를 나자와 브르통의 관계를 떠올리며 자유로운 연상을 즐길 수 있는 것이다. 사실상 화자가 텍스트 안에서 그녀의 그림을 아무리 정확하게 설명한다 해도 시각적 이미지를 문자로 설명하는 것에는 제약이 따르기 마련이다. 물론 그녀의 그림은 대부분 종이 위에 낙서하듯이 그린 것이어서 완성도가 떨어지는 그림일 것이다. 그러나 브르통은 어디에선가 나자의 그림들이 자동기술적 그림이라고 말한 바 있는데, 그 그림들이야말로 그녀의 생각과 무의식을 이해하는 데 중요한 자료가 된다는 것을 유념할 필요가 있다. 자동기술의 글쓰기가 글쓴이의 무의식에서 나온 환각의 흔적을 보여 주듯이, 그 그림들은 나자의 환각과 무의식의 세계를 반영하는 것이다. 그 그림들의 시각적 기호를 텍스트와 관련지어서 판독해 보는 일은 무엇보다 독자의 몫이다.

끝으로 브르통이 나자와 헤어지게 된 이후에 텍스트 안에 삽입된 들루이 씨의 일화를 어떻게 해석할 수 있을까? 그것은 나자의 광기를 상징하는 이야기일까? 아니면 자신의 정체성을 들루이 씨처럼 철저히 망각하고 싶다는 브르통의 무의식을 암시하는 이야기일까? 그렇다면 이 소설의 첫 문장인 '나는 누구인가?'의 물음과는 어떻게 관련되는 것일까? 이런 문제들에 대한 대답도 독자의 자유로운 상상력에 맡겨야 할 것으로 보인다.

작가 연보

1896년 2월 18일 프랑스 노르망디 지방 오른에 있는 탱슈브
레이의 평범한 집안에서 출생. 부모가 생활로 바빠
서 외할아버지의 보살핌으로 자랐다.

1900년 가족이 파리로 이주해서 팡텡 가에 정착.

1901년 수녀들이 운영하는 생엘리자베스 초등학교 입학.

1904년 팡텡의 공립초등학교로 전학.

1906년 파리의 삽탈 중학교에 입학하여 기차로 통학했는데
처음에는 자연과학이나 실험에 흥미를 갖게 되었다.

1910년 말라르메와 보들레르의 시를 접하면서 시에 몰두.

1913년 대학입학자격고사(바칼로레아)에 합격하고 의과대학
예과 과정에서 수학했지만, 기본적으로는 시에 헌
신하겠다는 생각을 한다.

1914년 발레리에게 편지를 보낸 후 그와 만나 친분을 쌓
는다.

1915년 군에 입대하여 낭트의 병원에서 신경정신과 간호사로 근무. 이때 아폴리네르에게 시를 동봉한 편지를 쓴다.

1916년 지크 바쉐와 친구가 된다.

1917년 아폴리네르를 통해 루이 아라공과 필리프 수포를 알게 된다.

1918년 파리의 포병연대에 배속되어 팡테옹 광장의 호텔에서 머무르다가 종전과 함께 제대.

1919년 친구인 바쉐의 자살. 아라공 및 수포와 함께 동인지 《리테라튀르(*Littérature*)》를 발간하고 엘뤼아르를 알게 된다. 수포와 함께 자동기술의 방법으로 쓴 「자기장(*Les Champs Magnétigues*)」 발표.

1920년 파리에 온 트리스탕 차라와 함께 다다이즘 운동에 참여. 의과대학 중퇴. 페레를 알게 된다.

1923년 첫 번째 시집 『땅빛(*Chair de terrev*)』 간행. 차라와 결별하고 '초현실주의 그룹'을 결성한다.

1924년 산문집 『헤매는 발걸음(*Les Pas Perdus*)』 출간. 「초현실주의 선언문(*Manifeste du surréalisme*)」 발표. 동인지 《레볼루시옹 쉬르레알리스트(*La Révolution Surréaliste*)》 발간.

1926년 나자를 만남. '초현실주의 그룹'에서 수포와 아르토를 축출한다.

1927년 공산당에 가입. 그러나 곧 당의 지침과 명령 때문에 갈등을 겪고 멀어지게 된다. 『나자(*Nadja*)』를 쓰기 시작함.

1928년   『나자』 출간. 『초현실주의와 그림(*Le surréalisme et la peinture*)』 출간.

1929년   '초현실주의 그룹'의 심각한 내부 갈등으로 브르통은 로베르 데스노스, 자크 프레베르, 레이리스 등을 축출하고 새로운 회원들(살바도르 달리, 르네 샤르)을 영입한다. 두 번째 「초현실주의 선언문」 발표.

1930년   《혁명에 봉사하는 초현실주의(*Surrélisme au service de la Révolution*)》 창간.

1932년   「붉은 전선(*front rouge*)」이란 시 때문에 고소당하여 유죄 판결을 받은 아라공을 위해 300명 이상의 서명을 받아 냈지만, 아라공과 곧 결별한다. 『연통관(*Les vases communicants*)』 발표.

1933년   《미노토르(*Minotaure*)》 창간.

1934년   자클린 랑바와 결혼. 『무모한 사랑(*L'Amour fou*)』 출간.

1935년   공산당과 단절.

1936년   딸 오브('새벽'이라는 뜻)가 태어남.

1937년   센 가에서 '그라디바'라는 이름의 화랑을 연다.

1938년   멕시코에 체류하는 동안 레온 트로츠키를 만나 혁명예술연맹을 결성하고, 그와 공동으로 「독립적 혁명 예술을 위하여」를 작성한다. 귀국 후 엘뤼아르와 결별.

1941년   프랑스가 독일에 점령당했을 때 마르티니크에서 잠시 수용소에 억류되었다가 뉴욕에서 망명생활을 시작.

1942년   미국 예일 대학교에서 초현실주의 전시회를 열고

세 번재 「초현실주의 선언」 발표.

1943년   엘리자와 재혼. 엘리자와 캐나다에서 여행하면서 가스페지 해안을 구경하고, 여기서 얻은 영감으로 『17의 비법(*Arcane 17*)』을 쓰게 됨.

1946년   파리에 돌아와 두 번째 초현실주의 전시회를 연다.

1948년   전후에 처음으로 간행된 초현실주의 잡지 《네옹(*Néon*)》 창간.

1951년   초현실주의 그룹이 새로운 위기를 겪으면서 많은 친구들과 결별.

1952년   잡지 《메디옴(*Médium*)》 창간.

1956년   잡지 《쉬르레알리즘 멤(*Le surréalisme même*)》 창간.

1962년   잡지 《브레슈(*la Brèche*)》의 주간을 맡는다.

1966년   파리 라리브와지에르 병원에서 9월 28일에 사망.

세계문학전집 **185**

나자

1판 1쇄 펴냄 2008년 9월 5일
1판 21쇄 펴냄 2023년 10월 11일

지은이 앙드레 브르통
옮긴이 오생근
발행인 박근섭, 박상준
펴낸곳 (주)민음사

출판등록 1966. 5. 19. (제 16-490호)
서울특별시 강남구 도산대로1길 62(신사동) 강남출판문화센터 5층 (우편번호 06027)
대표전화 02-515-2000 팩시밀리 02-515-2007
www.minumsa.com

한국어 판 © (주)민음사, 2008. Printed in Seoul, Korea

ISBN 978-89-374-6185-9 04800
ISBN 978-89-374-6000-5 (세트)

세계문학전집 목록

세계문학전집은 계속 간행됩니다.